名字像糖一样

丁肃清

百花洲文艺出版社
BAIHUAZHOU LITERATURE AND ART PRESS

图书在版编目（CIP）数据

名字像糖一样 / 丁肃清著. —南昌：百花洲文艺出版社，2014.9（2018.12 重印）

（微阅读 1 +1 工程）

ISBN 978 -7 -5500 -1030 -7

Ⅰ. ①名… Ⅱ. ①丁… Ⅲ. ①小小说—小说集—中国—当代 Ⅳ. ①I247.8

中国版本图书馆 CIP 数据核字（2014）第 181429 号

名字像糖一样

丁肃清　著

出 版 人：姚雪雪
组稿编辑：陈永林
责任编辑：陈永林　杨　旭
出　　版：百花洲文艺出版社
发行单位：全国新华书店
印　　刷：龙口市新华林文化发展有限公司
开　　本：700mm ×960mm　1/16
印　　张：12
版　　次：2015 年 3 月第 1 版
印　　次：2018 年 12 月第 3 次印刷
字　　数：128 千字
书　　号：ISBN 978 -7 -5500 -1030 -7
定　　价：29.80 元

赣版权登字：05 -2015 -37

邮购联系：0791 -86895108
网 址：http：//www.bhzwy.com
图书若有印装错误，影响阅读，可向承印厂联系调换。

前 言

以“极短的篇幅包容极大的思想”，才能够以小胜大，经过读者的阅读，碰撞出思想的火花，震撼人的心灵。正因为这样，微型小说成为一种充满了幽默智慧、充满了空灵巧妙的独特文体。

如果说在二十一世纪的头一个十年，是互联网大大改变了我们的生活，那么在我们正在经历的第二个十年里，手机将更为巨大地改变我们的生活。如今，以智能手机为平台，正在构成一个巨大的阅读平台。一种新的阅读方式正不知不觉地走进大众的生活。一个新的名词就此产生，它便是“微阅读”。微阅读，是一种借短消息、网络和短文体生存的阅读方式。微阅读是阅读领域的快餐，口袋书、手机报、微博，都代表微阅读。等车时，习惯拿出手机看新闻；走路时，喜欢戴上耳机“听”小说；陪人逛街，看电子书打发等待的时间。如果有这些行为，那说明你已在不知不觉中成为“微阅读”的忠实执行者了。让我们对微型小说前景充满信心和期待的是，微型小说在微阅读的浪潮中担当着极为重要的“源头活水”。

肩负着繁荣中国微型小说创作、促进这一文体进一步健康发展的责任和使命，微型小说选刊杂志社推出了“微阅读1+1工程”系列丛书。这套书由一百个当代中国微型小说作家的个人自选集组成，是微型小说选刊杂志社的一项以“打造文体，推出作家，奉献精品”为目的的微型小说重点工程。相信这套书的出版，对于促进微型小说文体的进一步推广和传播，对于激励微型小说作家的创作热情，对于微型小说这一文体与新媒体的进一步结合，将有着极为重要的作用和意义。

编者

2014年9月

目　录

土 地

屋外好大的一片，是麦秋老人栽下的树，蔓延成葱茏的绿荫，知了叫着。屋子外面很热，麦秋老人从窗口看去，村外腾着阳焰，空气好像被点燃了。但屋子里却阴飕飕的凉。大儿子刚刚为他装上了空调。麦秋老人觉得皮肤发紧，心想，这夏不夏冬不冬的，遭罪。

大儿子在山东给人家开车，挣钱不少，临走时说："爹，你就好好地歇着，享享福吧。"麦秋老人觉得享不了这福，想出去走走。出门正好和小儿子撞了个满怀。"爹，上哪儿，外面热着呢。"小儿子说。

小儿子整年在外面跑，跑什么买卖麦秋没有问过，反正挺发财的，看着他身上穿的，古里古怪的图案，还像是他麦秋的小子吗？怎么看怎么不顺眼，干脆不看了，坐着抽起了烟袋，屋子里烟雾缭绕起来。"爹，这点儿钱你收下吧。"小儿子从宽宽的腰带里抽出一摞钞票，交给他。

麦秋老人瞄了一眼，继续抽烟，不说话。小儿子的话多，全是买卖生意的事儿，麦秋听不下去，"咔咔"地在地板上磕着烟袋："这不关我的事，别说了，麻烦！"

小儿子没趣，不说话了。

麦秋说："地里怎么样了？"

小儿子异样地看着他："爹，你就甭操心了，都什么年代了，还惦着地里？又不是缺吃的。"

麦秋的眉头皱成了一个疙瘩，长长地叹了口气："咳，憋得慌。"说完就眯上眼睛不说话了。

小儿子走了，不一会儿叫来了医生。医生说是心律不齐，得好好调养着。

小儿子跟着医生拿药去了。

麦秋老人走出屋子，“啊秋！”打了个喷嚏。

外面太热了，太阳光刺儿一般地在他的皮肤上扎着，痒痒的。他把身上的衣服甩掉，光着膀子向乡村外走去。小路挤在齐肩高的玉米地里。很长时间没有闻到庄稼的气息了，这气息滚烫滚烫的，在他的气管里呼进来呼出去。麦秋出汗了，出汗是真舒服，发紧的皮肤也舒展开了，大滴大滴的汗珠掉下来，掉在小路暄松的干土上，“滋滋”地响着。

这就是他麦秋家的庄稼地了！那玉米矮黄干瘦，在阳光下低低地蔫着，地里的草却很茂盛，过了膝，麦秋的心揪起来。

“作孽，这真是作孽啊。”他蹲在地里，拔着草。

很长很长时间之后，麦秋老人站起身来，像刚刚捞出来的一个水人儿。那黝黑黝黑的躯体，在阳光下像一块柔软的绸缎。

回到家里，屋里的空调把他一身的汗水凝结了，凝结成一层白白的晶莹的汗碱。

他冲小儿子大声地喊：“你给我把这玩意儿立马拆掉，拆掉，这不是人过的日子。”

小儿子不解地望着他，没敢再和老爹别扭，麦秋说：“把你的钱也拿走，我没用处，我就要我的土地。”

麦秋老人的身子骨突然结实了起来，每天，他都要往他的地里走一遭，正是最热的天气，大地的阳焰像涌动的水，浸润着麦秋的身体。

老人只有一个感觉，心里边儿很痛快。

炉　火

一瘦一胖两个老人，坐在公路旁边的一截矮墙上，看来来往往的汽车，两张脸随着往来的汽车扭过来，扭过去。他们的面前，是一个燃烧着的火炉子，上面烧着一排水壶，他们脸上的笑、脸上的颜色，也像他们身边火炉子里燃烧着的火焰。

有妇女小孩儿来提开水，或者把冷水坐在炉子上。瘦老头从矮墙上下来，捅火，捅出一大簇跳跃的火焰。

人们陆陆续续来提水，烧水，他们大都是公路两边做生意的乡亲，和两个老人不生分，也不多客气。

一辆大卡车停下来，司机说："给弄点开水。"说着端坐在小板凳上，看着老人把开水倒在他的茶杯里，用嘴一边吹凉着一边喝，喝足了，拍拍屁股站起来，又让胖老人给他续上，拧上茶杯盖，然后扔给胖老人一张毛票儿。

胖老人说"不要、不要钱。"说着就给司机塞了回去。

司机纳闷儿，"你们不是卖水的吗?"

胖老人说，"不是、不是。我们是打铁的。"

"哎呦我的天!"司机拍着脑门儿呵呵地笑了，"我还当你们是卖水的呢，什么年月了，还打铁？赚多少钱?"

瘦老头说，"不赚钱，赔钱。"

把司机说愣了。老人向他解释："没有活儿，白烧着碳呀。"他又默默地像对自己说："要说也不能算白烧碳，给乡亲们烧烧水。这不，碳又没有了，凑吧。"他说着从口袋里掏着，掏出一张十元，胖老头也掏出了一模一样的一张，交给他。

"我说，你们这是图得什么呀?"司机干脆又坐了下来，他对这俩老

人感兴趣，他说："你们收她们的水费呀。"

胖老人说："咳，乡里乡亲的，这火，闲着也是闲着。"

司机说："那你们不如不干。"

胖老人说："咳，这人哪，闲着也是闲着。"

司机说："真是有意思、有意思，赔钱赔工夫做生意，有意思。"

胖老人把眼睛瞪得很大："过去，我们赚钱。"司机说"是吗？"老人说："是，那会儿，我们的钱赚海了，问问，十里八乡谁家的家伙儿，不是我们打得呀，铁锨犁耙、牛鼻环、烧开水的水汆子，都是。"

瘦老头说："还有县城大门的铁门环，还是县长坐着小汽车，来求我打的呢。"他炫耀地问胖老头："是吧，是我打的吧？"

胖老头说："那是我淬的火。"

两个人一争，额头、脖子上都冒出了筋疙瘩，他们说话时挥动的手上，筋疙瘩更是密密麻麻的，像蚯蚓。

司机看着、听着，呵呵地笑，笑着给他们解围："我说，你们过去赚了多少钱哪？"

"那是海了。"瘦老人说。"那钱哪，没数儿。"胖老人补充说："每天是一大堆票子，堆在地上，我们俩从中间划开，平分，是吧？"他问胖老人，问的时候脸上涌满甜蜜的微笑。"后来，活儿就少了，"胖老人像自言自语："再后来，差不多就没有活儿了。"说着就长长地叹了口气。

西天边上的霞云退了，蒙上了暮色。司机笑呵呵的脸，慢慢地不笑了，一脸的凝重。他站起来说："我有点活儿，你们干不干？打个车挂钩。"

两个老人高兴的不得了。风箱呼呼地拉了起来，炉子里的火苗跳跃了起来，铁锤有节奏地响了起来："叮当、叮叮当、叮当……

胖老人轮着大锤，叮当、叮叮当……铁砧上的火花，在暮色中四溅着，一层儿、又一层儿……瘦老人说："让我来一会儿！"

他把大锤要过来，赤裸的臂膀抡成了一个椭圆，叮当、叮叮当、叮当……铁块燃烧着淬在火里，吱——弥漫起浓浓的浪烟。

车挂钩打好了，在满月的照耀下，跳跃着一簇一簇兰色的光亮。

"给钱。"司机把一百元的新币递过来。

"免了。"胖老人说。"不要了。"瘦老人也说。

他们流着汗水、红彤彤的脸，在炉火的映照里奕奕发亮。他们帮着把那个车挂钩抬在了汽车上。汽车隆隆地发动，缓慢地开了。

原本，司机打这个车挂钩没有用，只是他愿意。两个老人也并不想挣司机的钱，他们只是觉得痛快。

真痛快！两个老人拾掇了摊子回家去，一边走一边唱起来，他们唱的是晋剧老调，在夜幕里，清亮地痛快淋漓地荡漾……

红灯

老荣说，虎子，站累了吧，打了一天麻将，老婆治气楞逼着洗衣服，这不，偷跑着来上班的。

虎子说，你还活什么劲？窝囊，你回去吧，我替你一个班。

老荣说，真的？虎子说，真的。

把老荣高兴得不得了。虎子说老荣你先别高兴，你得给我去买肯德基。老荣说行，肯德鸭也行，说着就去买肯德基去了。

傍晚的街景最好看了，大街两旁，闪亮着形形色色的霓虹灯，街上车来车往，汽车的灯光连绵交织着，水一样的流动。虽然在岗亭上站了大半天，虎子一点不觉得累。他当交警三个月了，像做了三个月的诗。

虎子规范地打着手势，这个时候车流量很大。红灯亮了，像一道闸门，淤积起漭漭的一片。绿灯亮了，车辆哗地一下就奔流了起来……干交警虎子有着很深的体验，老百姓好，老百姓最守规矩了，要是人们都像红绿灯下的老百姓一样规矩，早共产主义了，

老荣买肯德基回来，说虎子，你先去找个地儿吃了，让我先值一会儿。

一辆警车，尖尖地叫着，闯红灯开过去行人的目光都很疑惑，都被警车上闪亮的警灯牵着。虎子在亭子下面说，老荣你怎么不管一管他呢，耀武扬威的，影响多坏。

老荣说，你没看这是警车吗？咱自家的车，闯红灯自然有急事儿。

虎子说，急个屁，你不看看里面坐的是个小妞儿，给小妞儿抖威风呢！

老荣说，就你的眼尖，你能不能睁只眼闭只眼，你还嫩呢，你知道我老荣干了一辈子交警没提，还降了，降了两级的工资，都是为什么吗？是像你现在一样——眼尖。

虎子说，别说了别说了，现在值班呢，有话回去给你老婆悄悄地说吧。他把老荣从岗亭换下来，规范地打起了手势。街上汽车的灯光，梦一样地流着……红灯亮了，一辆黑色的红旗，大模大样地从白线里开过来，虎子作了个停止的手势。老荣在岗下面喊，车号，车号，虎子你没看见是2号车吗？在这个小城市，有着一个约定俗成的规矩，背首长的车号，是每一个交警的常识。

虎子没有理睬他，从岗亭上疾步走下，走向那辆黑色的红旗。

老荣叹了口气，跟着虎子走过去，拽了拽他的衣角，凑在他的耳边说，车号，2号车，你怎么能拦首长的车呢？

司机从车里走出来，脸上没有表情。虎子敬了个礼然后示意他把车开到一个规定的地方。虎子收了他的驾照。司机说，那车就放这儿吧，算你有能耐，我要走了，

虎子撕了罚款票，说你明天到局里去，还得安排住一个礼拜学习班，学习学习。

司机打的走了。

老荣说虎子你忘了首长的车号了吗？首长的车怎么能查呢？还罚了人家。

虎子说。老荣你真熊，一见当官的影儿就站不直了，你给我找找，首长在哪儿，在哪儿呢？

老荣说万一首长在里面怎么办？

虎子说，我就知道首长不在里面的，首长在里面他就不闯红灯了，中国的事儿全都坏在这些人身上，全是这些拉大旗作虎皮的玩艺儿鼓捣坏的！

老荣心情忐忑地说，哎呀，这是宫市长的车呀，你知不知道？

虎子说，知道不知道又怎么样？告诉你吧，宫市长是我对象他爹，我未来的老丈人。

哎呀！真没看出来。老荣激动得脸发红，那，那就没事儿了，那咱们就什么都不怕了。

虎子说，老荣，该怕的还得怕，快回去给老婆洗衣服吧。老荣说，那我就走了，你辛苦吧，街上渐渐地静了下来，虎子站在岗亭上想，快下班了，他也快下班了。肯德基！两人坐在老地方，一边吃老荣给买的肯德基，一边儿……啊！夜色真好！

河　流

担担河很柔软、很清澈地流着，阳光很充足地涂抹在河面上，涂抹成一层粼粼闪闪的碎银。一只小船，从河的那边，划向河的这边，像梭子一样。

划船的人是一个老太太，她太老了，佝偻着腰划着，脸上密密麻麻的皱纹都在笑，笑不拢的嘴里，没牙，空空洞洞的，和船上的人说话。

乘船的是一个记者，问他："老大娘，您划了多少年船了？"

她说："八十二年了。"

把那位记者说得瞠目结舌。许久，他问她："那，您老人家多大岁数了？"

她说："光绪十七年生的。"

记者扳扳指头，光绪十七年是多大岁数呢？一百零九岁！一百零九岁的老人还在摆渡划船？这不是一个奇迹吗？他想，在日本有"金婆婆"和"银婆婆"，被日本人奉为国宝，而在这里，一个一百零九岁的老人，划了八十二年的船、而且现在还在划，竟没有被外人发现，不是目睹，说起来谁会相信呢？

出于职业习惯，记者还在问她："您能不能告诉我你的名字呢？"

老人的脸色有些尴尬，有些不好意思，她说："年轻的时候我有个名字，没人叫过，我自己也忘了，就别说了。"

记者摇摇头，他对今天所遇到的一切，不可思议。

记者下船了，恋恋不舍，他离开河岸时频频回头和老人告别，老人站在船头，佝偻着腰向他摆手，她站不直了，或许太老了，或许近一个世纪的划船动作，使她的腰弯得近似于九十度。看上去像一棵剪去枝叶的弯曲的老树干。

报纸上很快发了有关老人摆渡的消息，引起了有关部门的重视，责承当地交通局的人，禁止老人摆渡了。因为政府要对老人，要对渡河人们的生命安全负责。

从此，老人每天只好站在河边，面对着担担河，佝偻着腰，默默地站着……

终有一天，老人站不住了，躺在了床上。乡里的干部来看她，她说："我还要划船，你们得让我划船！"

乡干部说："老奶奶，我们请您住养老院吧，养老院比划船好。"

她说："不！养老院不好，划船好。"

乡干部掏出拨给她的养老费，塞在她的手里。

她说："我不要钱，我就要划我的船。"说着把那一叠钱推了回去，向他们怒目而视，仇人似的。无论乡干部如何解释，她都听不进，她说她划了八十二年也没有淹死，"憋死了！"说着拍打自己的腿，"啪啪"地拍着......

她屋子里的桌子腿上，用麻绳栓着一头猪，还栓着两只鸭子。乡干部说："您这是干啥？"

她说："我怕它们跑出去，跑出去了就不能给我做伴了，我闷。"

说得乡干部心里酸酸的。劝她："没有办法的事儿，您这么大年纪还划船摆渡，再摆渡人就是违了法了。"

"不渡人就不违法了？"老人问。

乡干部说是，"您老人家这么大岁数，在家里享福多好啊！"

老人眯缝上眼，一动不动了，一句话也不再说了。

第二天，担担河上，又悠然漂着一条小船，在河面上漂过来，漂过去……两岸要过河的人在呼唤船上的老人，老人佝偻着腰，向岸上的人笑着，笑着流着一串串的眼泪。她说："我想渡你们，可不能渡了，他们不让我渡了。"她的船上，载着一口猪，和两只鸭子，"猡猡"地、"嘎嘎"地叫着。

阳光一簇一簇地溅在河面上。

乡干部在岸上喊她，让老人快靠岸。

老人冲岸上说："我没有渡人。"

岸上说："可我们要为您老人家的安全负责。"

船上说："我划船不怕淹死，不划船了我就要死了。"

乡干部还在喊她上岸。

老人有些急了，发狠地说："你们在逼我死啊，你们混蛋!"老人狠狠地骂了一句。

老人没再理会岸上的人们，只管划着桨，在河面上拨弄出水花，一朵儿，又是一朵儿，在阳光下闪亮……

楼上楼

楼上楼不是房子，是一个喝酒的用语，由佳校长的绝活儿。由佳说，柳老板，您喝一个，我楼上楼。

大家都赞同，鼓动柳老板，喝，喝吧。柳老板只好喝了一杯。由佳校长三个指头，上下夹着俩酒杯，举着，然后细细地倒在自己的嘴里，惹得大家一致喝彩。

由佳是一所小学的校长，在这个城市却大名鼎鼎，是酒场上的名家。喝这场酒，由佳是市教育局局长特请的嘉宾，他明白局长的意思，让他陪好台湾来的柳老板。柳老板来这个城市考察，考察的结果很重要——为希望学校捐资。雁过留声人过留名，现在流行老板们捐资助教的时髦。

局长邀由佳喝酒，把他高兴得不得了，他让老婆好好地把他打扮了一番，西装革履，皮鞋擦得很亮，还自言自语地说话，和家养的大黄狗说话：大黄，我要喝酒去了，谁请我喝酒你知道吗？局长！

由佳好喝酒有名，酒喝得好也有名。由佳劝柳老板喝酒，不管他喝不喝，自己只管喝，两个，或者三个酒杯在指头缝里叠摞着，在仰起的嘴上面流成了水帘儿，就此大家高兴。他这一楼上楼，弄得柳老板不喝也喝多了。

然后由佳和局长楼上楼，和其他人楼上楼。楼上楼转了一圈儿，酒瓶子已经空了两个，大家都有些醉意，话说得也热闹了起来，说得柳老板心花怒放。他说，由佳校长你可别喝醉呀。由佳说，酒不醉人人自醉。柳老板一来，这所城市都光彩照人哪。说着倒了两茶碗酒，也给柳老板倒了一茶碗，说柳老板你随便，看我的。由佳的手掌把两个碗粘起来似的，在仰起的脸上面倾成两道薄薄的瀑布……

柳老板惊诧，呀！自古燕赵多壮士，由校长真壮士也！

酒间饭余，柳老板和教育局达成了协议，捐资建两所希望小学，还答应给由佳的学校建一栋教学楼。

饭后局长上小汽车的时候，两手紧紧地握住由佳的右手说，你的楼上楼，给我换来了多少栋楼啊！由佳醉了，醉了的由佳指着自己的胃口说，咳，我这挂下水，交给党了。

回家后由佳呼呼大睡了。不知睡了多长时间，他觉得脸上热热地发痒，挣开眼见他的狗老黄舔他的脸。他推开它，瞧瞧窗户，阳光水一般地泼洒了一地。于是他骑车到学校办事去了。

柳老板捐资由佳学校的教学楼要招标了，找他的人络绎不绝，天天有人请他喝酒，由佳也不拒绝。请和被请，是周瑜打黄盖，不吃白不吃，吃了也白吃。由佳吃饭付出的是胃口，但不付出原则，他很精。

一天晚上，两个人找到他的家里，带来的好酒好菜颇丰，其中一个是有头有面的人物，领的是建筑队的工头。不用说由佳也知道他们的来意，无非是，让他们中标吧，给你多少多少回扣等等。

由佳的酒喝得很豪爽，仍然是指头缝里叠摞着两三个酒杯，把一层儿一层儿的瀑布倒在自己的嘴里……说话间，由佳显出醉意，摇摇晃晃地站起来去撒尿，撒尿回来站在大衣柜的镜子前问镜子里面的那位，你是谁？镜子里面好象也在问他，他就哈哈地大笑，镜子里面也哈哈大笑。由佳指着镜子说，你笑什么？里面也指着他，你笑什么？由佳不笑了，镜子里的那位也不笑了。由佳发怒，挥动拳头，镜子里面也向他挥舞着拳头……

啪！

然后是一地碎响……

由校长醉了。那个有头有面的客人说。

是醉了，由校长是醉了。建筑队的工头也说着。

由佳的老婆气得满脸通红，骂他，你发什么酒疯儿，我让你发酒疯儿！抡起巴掌要打，被两位客人拦住了。

由佳说，来来来，我给你们再喝楼上楼……俩客人说不喝了不喝了，由校长早休息。说着就走了。由佳突然眼睛明亮了起来，端端庄庄地坐在沙发上，哈哈地笑，笑着说，老婆，这次我没醉，明白得像玻璃人儿

一样，等明天我陪你的玻璃，行不行？

电话铃响了。它拿起话筒，是局长打来的，说台湾的柳老板又来了，来查看希望学校施工情况。问由佳能不能陪陪？

由佳说，行，让我再给他楼上楼一回。说着就走了出去……

通天沟

李友财喝完了酒，回家后躺在床上很得意：当今村子里谁行？我李友财！寸草不长的通天沟租给了洋人，二百八十万哪，就请父老乡亲吃香的喝辣的吧！你王大改和我争村长，是做梦娶媳妇，我这份和洋人签订的合同一公布，嘿，那就是选票。他想着想着就哼起了小曲儿。

房门“砰”地一声开了。是一位老者，白须红颜，目光炯炯，吼了一声：“李友财，起来！”

他吓得醒了酒，爬起来说：“呀，是祝爷，老祖宗请坐。”

老人不坐，手里的拐杖，戳得地面咚咚响：“你小子大胆，把祖宗的通天沟卖了？”祝爷是村里的老族长，这一怒，够吓人的。

李友财慌忙解释：“不是卖，是租，洋人在这里开工厂，五十年后还是咱们的。”

“我敲碎你的脑壳！”老人的拐杖挥舞着，骂着：“澳门让洋鬼子占了那么多年，这才要回来，可你小子却把咱通天沟给卖了！”

李友财的肩膀上挨了一下，他干脆不躲闪了，蹲在地上抽烟，两行泪倏地流下来，他觉得委屈。

桌子上有一叠纸，是刚刚签好的合同书，被老人取过，哗啦哗啦撕碎了，纷纷扬扬落在李友财的头上：“大改说得对，不和村民商量的事儿，休想办得成！”老人留下一句话，忿忿走出门。

李友财呼地站起身，又是这个王大改，煽风点火的家伙！近日村里要搞村委会选举，王大改要和他争村长的位子。

李友财愤怒地出门，来到十字街上，撞响了那口挂在老槐树上面的铁钟，“当、当、当、当……”

他要开会给乡亲们说说，租通天沟，是一件造福于民的好事，别让别有用心的人给搅了。

会场是一片嘘声，嗡嗡嚷嚷的，人们指责他李友财是汉奸，是败家子，什么难听的话都有。王大改也站到了前台，说你李友财违了法呀，村委会组织法咋规定的你不知道吗？这样的大事，得和群众商量。

会场里也是一呼百应。

李友财脸色铁青，噔噔地走出会场，躺在家里，两天两夜没有睡觉，眼睛直勾勾地盯着房梁，想不到，这是好心不得好报啊！

村委会要改选了。乡干部来到他家，让他出席，他说：“八抬大轿你们也抬不出我李友财，谁爱干谁干，老子不干了！”

王大改被选成了村长。之后的事情，李友财懒得操心，只是在家里喝闷酒。

村子里又恢复了平静，老百姓在新一届村委的领导下过日子。据说，村里和那个洋人老板重新签了合同，还是在原来合同的基础上，作了个补充协议——洋人五十年后归还通天沟，明确是无偿归还。

李友财在家里喝着闷酒想事儿，这真是败也萧何，成也萧何，王八蛋大改，我被他给耍了。

“你是骂谁？”王大改走进来，后面还跟着祝爷，还有洋人老板，祝爷用拐杖指着李友财和大改：“我不管你们谁对谁错，和我商量了的事儿，就是对的！来，喝酒，解解冤家。”他解开了带来的俩纸包，是刚刚出锅的猪下水，一瓶酒，满了四杯，祝爷喝了，大家也喝了。

王大改喝着酒，对李友财说：“我干，准比你干得好。”

“凭啥？”

“凭这个。”王大改抱拳向祝爷示尊：“我能让他高兴，你不能。”

祝爷捋着白胡子乐呵呵地笑了。

李友财说：“你大改别得意，你利用通天沟搞倒了我，但通天沟还是我李友财打下的江山，承认不承认？”

大改说：“可我要用通天沟三年时间安排一半群众吃上工业饭，不再土里刨食。不然，这村长还是你来当。”

李友财说：“你吹！你要是办成，村东头埋了我。你要是办不成，村西头埋了你。”

祝爷说：“好！这才像两个男人。来，为不怕死喝酒。”

洋人老板此时也举起了酒杯说：“yes！yes！你们两位是竞选总统，来，为竞选总统干杯、干杯!”

酒杯叮当当脆响了起来，满屋芳香……

笔杆子

金镇长笑呵呵地挥动着手里的报纸说：小石，你的文笔不错嘛，这篇小论文写的好，你真是咱们黄桥镇的笔杆子！

小石心里特别高兴，这是他分配到镇里当秘书，第一件出头露面的事，就受到镇长的表扬。

镇长说：我和别的领导要到北京开会，有事，你料理着办。

小石说：镇长你放心，有事儿落不到地上。

第二天，小石就收到了一份县里的文件，要求汇报第二轮土地承包的情况，特别强调要实事求是地汇报。小石有些发愁，土地承包的事，八字还没一撇呢，怎么汇报啊。

他翻阅了所有的资料，费心思列好提纲，然后爬在桌上写，一直写到了深夜，外面的鸡，都叫了三遍，小石在亮亮的台灯下睡着了。

第二天，他拿着写好了的汇报材料，骑自行车急匆匆地送到了县里，他向镇长打过保证，有事儿不会落到地上的。

他赶回来的时候，已经累得两条腿发软，大汗淋淋的。他想，苦点累点儿没啥，干事就实实在在地干事儿，别辜负了镇长的赏识。

镇长从北京回来的时候，正好在门口碰到了小石，小石高兴地为镇长开车门，见镇长的脸拉得很长，瞪了他一眼说：你到我办公室来一下！

小石的心里，扑通扑通敲起了小鼓，镇长这是怎么啦？

镇长说：回来时我从县里拐了一下，你看看，你写得这是什么东西？他哗哗啦啦挥动着一沓纸，很生气：咱们黄桥镇，怎么会出这样落后的材料？你让我挨县长的批。

我、我是实实在在写得啊。小石觉得委屈。

镇长缓和了语气：坏就坏在你这个实实在在上，你就不会多几个心眼儿?

小石想，我对你镇长一个心眼儿算错吗?他委屈地抹眼泪。

镇长说：算了算了，吃一堑长一智，你去吧。

黄桥镇的第二轮土地承包虽然起步晚，但是步子迈得大，转眼间土地承包搞得红红活活、有声有色的。小石打心里佩服金镇长有能力、有点子。镇长很忙，不是忙在乡下，就是忙在外面，镇长随县里的农民考察团又去了日本。小石的工作轻松了，没事的时候他就翻报纸，报纸上正连篇累牍地刊登土地承包的经验。小石憋不住，也写了一篇，写黄桥镇在承包中注重支持发展饲养业，集中了三百亩地修建养猪场，并收到了可观的效益。

稿子投到了省报，很快就发了，还发在头版显要的位置。小石高兴得一夜没合眼，一是高兴他的文章上了省报，二是为镇里说了好话，也算是他将功补过。

从此，外地的来信，雪片似地飞向黄桥镇，大都是索取经验。一辆一辆外来的小汽车，在镇政府的大门口出入，镇政府人员整天忙于招待中。

从日本回来的金镇长火了，指着小石的鼻子训他：吹！你再给我吹！黄桥镇有多少黄金，都得让客人吃穷！

小石低着头，说不出话。

确实，他这次是吹了大话，黄桥镇仅仅是才有了一个修建养猪业的计划，还没有实施。

镇长说：什么事，都坏在你这样的笔杆子上，明白吗?

小石不明白，他的心乱得象一团乱麻。

几天后，小石来到金镇长的办公室，吭哧了好半天，才说：金镇长，我、我想去、去镇里的伙房，当大师傅，行吗?

彷徨乡村

堂弟长得面老，两颊都是胡子，且越往下越密集，茁壮而生动。他正和一些人蹲在靠墙根儿的高台上晒太阳。

乡亲们见我回来，都热情洋溢地跟我说话。堂弟不理我，他大概还在记恨我，他记恨我是有理由的，因为他被抓进看守所的时候，家里人跑到城里，要我托人放他出来。我说：我不管。

他是第三次被抓了，喝醉了，把别人的骨头打折了，他的脑袋上也打出了窟窿，流了血。我说：活该，自作自受吧。

他打架全村闻名。一般选择当村书记的，都有势力，那个村的书记，就是弟兄五个，再加上裙带关系，谁敢惹啊。堂弟就敢惹，惹得人家五个兄弟把他团团围住，堂弟一点也不怕，大吼了一声，用手里的铁锹狠命地抡了一圈儿，吓退了兄弟五个的围追堵截，那一次他是第一回进班房。

我出面找人说了好话，保他出来了。我劝导他说：你也该做点正经事了。

他当时点点头，说行。可过后又跟人打架了，我还能管他吗？我甚至连因为什么都没有问。那一次他在里面住了好长时间。

他当然记恨我了。我想跟他缓和关系，回老家时我到他家里去看他，他仍然不愿意理我。不过我觉得高兴，他开始干正事了，满院子堆着染布的颜料。弟媳妇说：你家兄弟有出息了，没日没夜在外面跑颜料，这不，房子盖了，摩托也买了。堂弟只是蹲在屋门口抽烟，没给我说话。这个时候进来了几个戴大盖帽的人，大声嚷嚷，说堂弟是无照经营，把他院子里的颜料全都扛到停在外面的汽车上，还撕了罚款的票儿，不然就要拘人。弟媳妇哆哆嗦嗦从屋里拿出一叠钱，交给了一个大盖帽，大盖帽一边数钱，一边厉声训斥着。

我担心堂弟的脾气，会不会再爆发？

他站在院子里，像一个泥塑，一动不动，看着大盖帽们走出门外。突然，他撵到外面，冲着正在突突发动的汽车，大声吼起来：我日你奶奶，老子在外面快要冻死了快要累死了，可是你们又抢了我！然后他蹲在院门外呜呜地哭起来。我去搀扶她，劝他。他呜呜地哭着对我说：你知道我在外面受的罪吗？那种罪是人受的吗？

我把劝他的话，咽在肚里。我想象不出，他在外面流浪的情况，看看他那张脸，除了一双黑白分明的眼睛，其它部位全是脏兮兮的。

我回城后，时常惦念起堂弟，改革开放使农村发展了，可农民的生活，相对还是苦的，他们每走一步都很不容易，像是在沼泽地里跋涉一样，农民从来就是拓荒者的角色。

有人从农村老家来，也带来了堂弟的消息，说他没少琢磨致富的路子，试着在路边开过饭店，办过加油站，最后到县城里租了一个水塘，开发成了养鱼池。我暗暗地为他高兴……

春节回老家探亲，乡亲们在大街上的阳光下聊天，见到我回来，用最热烈的语言，拥围着我。堂弟站在街边的高坡上，只是向我点点头，笑笑，他脸上的络腮胡子看上去好久没刮了。我走上前问他：县城的鱼塘还好吧？

他苦笑说：不好，早不干了。

乡亲们七嘴八舌给我讲他不干的原因：他的鱼塘刚刚搞得像个样子的时候，小汽车一辆一辆地来了，惹不起那些大盖帽啊，土地局的，交通局的，税务局的，水利局的……钓鱼是小事儿，要钱，撕了票儿你就得给钱，好像农民的钱都是大风刮来的……

还是没有钱安生！堂弟叹了口气接着说：晒太阳没有人给要钱。

堂弟无所事事了。安分守己了，家里的日子，仍然过得很窘迫……堂弟那张脸上的表情，很彷徨，很无奈。

这让我十分担心，很久很久地挂牵着他……

种　子

懒骨头懒筋的老脏，年近四十还没媳妇，一天到晚蹭在别人的家里打发时光，是村里人见人烦的主儿。

张寡妇却暗暗喜欢上了他，但没有捅破窗户纸。张寡妇撵老脏说：天都这么晚了，回去吧。

老脏说：慌啥哩，俺锁住门饿不死小板凳。

张寡妇说：你也不想想挣点钱？

老脏说：钱是给女人花的，没有女人，挣钱干啥？

张寡妇说：那你也该种种那撂荒的地儿。

老脏说：俺传宗接代的种儿都没处种，种地干啥？

张寡妇叹气：你真是个不争气的东西，给我滚！然后把老脏趔趔趄趄推到门外的黑暗里，巴嗒！插上了门。

第二天，在街上晒太阳的老脏，遇见来村里扶贫的贾乡长。贾乡长说：老脏，我今儿带来了从南韩进口的优良种子，你那块地，要种先给你。

老脏摇摇头，又赶忙站起来拉住贾乡长：这种子俺种，俺想替别人种行不行？老脏把贾乡长拽到了张寡妇的家里，让乡长先坐着聊，他匆匆去小卖部，捏出衣兜里的碎钞和硬币，买了两瓶白干，回来要跟乡长喝一壶儿。老脏说：你扶贫就该先扶更贫的，孤儿寡母，你的种子她的地，这力气活俺老脏承包了。

张寡妇瞪了他一眼。老脏想想，方才的话有点打锅。

他和贾乡长喝着，尽情地喝着。老脏的舌头硬了：你也陪乡长喝，喝两杯，这为人民服务的干部该陪，他对张寡妇说。

张寡妇的脸喝成了一朵桃花。

贾乡长眼神愣愣地瞅她。他拉开黑皮包的拉锁，取出一叠钱说：这无偿贷款，先给你用吧。办个鸡场。

慌得张寡妇伸手推那叠钱。

老脏推开了张寡妇：傻瓜！他接过那钱塞到张寡妇的炕席下，给乡长作个揖说：俺替她谢谢了。谢完后又指乡长的鼻子说：咱今儿玩的可不是醉话？你说。

乡长举杯跟老脏干，干得老脏头上的天脚下的地悠悠地转。他回到家里睡了个闷头觉，梦见张寡妇为他缝补破旧了的衣裳，乐得他醒来。

老脏从此换了个人似的，跟乡亲借了犁，借了牛，在毒火火的日头下，给张寡妇种田。

人们指脊梁戳脸地议论：瞧瞧，老脏憋得这股邪劲儿。

张寡妇不嫌弃他。她用乡长的扶贫款，买了一篮毛茸茸的小鸡，也买了白花花的一篮鸡蛋，煮给老脏吃。她一边剥着鸡蛋皮儿，一边擦着老脏汗津津的脸说：你要真勤快了，肯干活了，俺喜欢你。

说得老脏呆呆地傻了半天。他想抱住她亲她，但又觉得不该对她那么轻浮、那么鲁莽。总有一天……他甜甜地想着，出门，哼着妹妹你坐船头……奔向地里，他把咯咯蹦蹦的力气，耕耘进肥沃沃的土里，他算计着，等割了这茬麦子，他要娶张寡妇做媳妇。

每次贾乡长来村，老脏都要与他共饮，他的心理感激乡长，如果不是那次在张寡妇家的饮酒，他怎么知道张寡妇的心思？

麦子熟了。老脏先替张寡妇割了麦，又割了自己的麦，套上马车到乡里卖了沉甸甸的一提包钱，回来后去叩张寡妇的门，结结巴巴地说：俺，俺要娶，娶你当媳妇。

张寡妇推开钱，也推开老脏，脸阴阴的。

老脏说你咋啦？张寡妇说不咋，今后你别来俺家啦。被推出门的老脏，站在窗子下，听到张寡妇呜呜地啼哭……

人们都在议论：瞧见没有，张寡妇的肚子大了，是老脏的种。

老脏留了心，见她那单薄的衣衫下，肚子是变得鼓鼓的。

日头一圈一圈的转上来转下去。人们见不到老脏转悠了。

村里突然传来了消息：贾乡长用枪崩了自己的脑瓜！

村里也来了两个穿制服的警察，先找了村委会，又找了老脏。

老脏没等他们发问就说：俺知道你们来干啥，俺给你们直说吧，贾乡长自杀，是没有脸再活啦，是俺用刀子割了他裤裆里的那玩艺儿。

老脏被推上警车的时候还在嘟囔：日你娘的乡长，你有女人还占别人的女人，你带来了种子，也把孬种种到了别的女人的肚里……

老脏见那张寡妇躲在一棵大树后。他把嗓门提得高高地喊：你等着俺哪，俺这辈子能出来，出来了娶你。俺这辈子出不来，到下辈子，俺还要娶你当老婆！听见了没有?

种豆得豆

谷满仓琢磨着，明儿就要村主任选举了，选谁？还是我！除了我至今还没有第二个候选人，这叫啥？这就叫威望。威望咋来的？靠干。我谷满仓干了半辈子村官儿，没有为自己，为村里的乡亲，差一点儿没把命都豁了，天大旱人大干那年，连轴转在地里三天三夜浇地晕倒了，差点儿没被垄沟里的水淹死。他摸摸自己只剩下一个耳墩儿的耳朵，是那一年为生产队的砖窑到山西拉碳，半夜睡在路上的排子车下面，被隆冬冻掉的。还有右腿上的伤疤，是早些年带领社员挖海河，被飞舞交叉的铁锹铲伤的。如今自己这副挺不直的腰板，也是那年带领社员们往汽车上装公粮，活活地被压成了腰间盘突出的病症。他的浑身上下，几乎没有什么好零件儿……这都是当“公仆”留下的纪念！这些，就是奖章，是功劳簿啊！

他想着就可心地喝酒，不知不觉中瓶子里的酒只剩下个瓶底儿，而他早已喝的是满脸飞霞了……

大儿子国栋走进屋来。谷满仓说：“小子，陪爹喝两盅，你爹我今天高兴。”

国栋就陪他喝酒，喝着酒说：“爹，我想和你竞争一下，明儿参加村委会主任的竞选，我报了名了。”谷满仓说：“跟爹开什么玩笑？”

国栋说：“不是玩笑，是真的。”

“真的？”

“真的！”

谷满仓的脸一下子拉长了，拉着脸瞪圆了眼睛，瞪了儿子好大一会儿，手里的酒盅突然扬起来，泼了国栋一脸的酒，骂了一声：“这叫家贼难防，怎么生了你这个逆子！当初生你，我怎么没把你摁到尿盆子里淹死！”他骂骂咧咧走出门，把院子里觅食的鸡踢的“咯咯”叫……

谷满仓一夜没睡着。

第二天选举，采纳他的建议，还是按老规矩往粗瓷大碗里投黄豆，桌子上面放着两个大碗，一个代表的是他，一个是他的儿子，投黄豆表决之前，是父子俩的竞职演说。儿子演说的时候，他没有听清楚一句，他只觉得脑袋涨得沉重，他只听见一阵一阵地鼓掌……

轮到他说了，他没有讲大道理，他说：“我谷满仓，当干部三十年，我给自己五五开，早些年种粮，要过江，种高粱，种高粱是高产了，可让乡亲们吃了粗饭；后来要想发，种棉花，种棉花大家卖了钱，到后来棉花卖不出去了，乡亲们没怨言；再后来我们烧砖窑、种大棚菜，还有我们现在全村群众种果树，大家也曾发大财，可现在果子卖不出去了，这都是有赔有赚的事情，多少年来大家信任我，跟着我，过的是有福同享、有难同当的日子，我谷满仓满足了！”他说着眼泪就流了出来，流着泪把一颗黄豆“当啷啷”投进自己的那个粗瓷大碗里……

接着，投黄豆的声音便“当啷啷”、“当啷啷”地响起来……两只大碗里的黄豆渐渐满起来，分不清上下，两个碗里的豆子在平分着秋色。

谷满仓的心里不是个滋味儿……

唱票的时候，组织人就在桌子上面数两个大碗里的豆子，谷满仓的头上，也冒出了豆大的汗珠儿，真没想到跟他较劲的却是自己的儿子，这真是种瓜得瓜，种豆得豆啊，他怎么就生了这么个孽种！

他以一枚豆子的差别输给了儿子。

他输掉的不仅仅是个村主任呀，他输掉的是一种威望，是他用生命和全部精力铸造的威望！他知道今年的果子没有销路使得乡亲们吃了苦，他说：“我对不起大家，我号召建立果林村让大家赔了工夫赔了钱，但我还得谢谢乡亲们曾给我信任。”

掌声。

他看见儿子国栋把鼓掌的手举得最高，也拍得最响。而他在心里琢磨：逆子，我的威望没了，可你有这个威望吗，你尿泡尿也照一照你自己！

了解父亲的莫过于儿子，国栋要向大家说几句话，他说：“我知道我没有我爹有威望，我也不想有多么高的威望，我琢磨着啊，咱们中国人办砸的事情，差不多都毁在这个威望上。”

有人提议，让国栋讲讲他赚钱的本事，为什么大家都是紧紧巴巴的日子，他国栋却过得那么滋润？

国栋说：“我没什么经验，如果说经验，就是我爹叫大家干什么，我偏偏不照他的办！”

会场上骤然安静得出奇。

又突然爆发出长久地大笑……

走　狗

潘根柱掘开那个大坟，刚刚把一具尸体拖出来，就听见一片跑碎了的马蹄声。他想，这下完了。

随后就是几道耀眼的手电光照射在他的脸上：“你这个盗墓贼！”一个破锣一样的声音说：“把他给我拴到马尾巴上。”

于是，潘根柱身体各个部位，被几个铁钳子般的大手抓着，捆起来了。他的双手被一根绳子牵着，跟着奔跑的马蹄在地上向前搓磨着。几分钟后，又把他拖回原来的位置。

手电光正在墓坑里晃着。“嚯，还有这么多财宝。”几个幽灵般的手正在墓坑里拾掇着陪葬的钞票。

潘根柱这才明白，他遇到的绝不是墓家主人。这是一片辽阔的荒凉的西部平原，几十里甚至几百里才有一个人烟稀少的村寨，再往那边就是山了，出没着歹人，公安部门也常常对他们没有办法，听说局长的爹也被歹人们捉了人质，所以潘根柱的胆子才渐渐大了，干起了这种歹事。

破锣嗓子又响了起来：“你小子，挖死人干啥，和这家有仇?”

潘根柱说：“不是，是想把死尸卖了，换钱。”

一阵哈哈大笑。“深更半夜说鬼话，谁买死尸?”破锣嗓子说。

“有人买呢，”潘根柱说，“往东二百里，那地方正进行殡葬改革，死了人火葬，有人买死尸作替身呢。”

“嘿，这小子还算精明，”破锣嗓子说，“给他松绑。”

潘根柱身上的绳子解下了。它觉得大腿上屁股上火辣辣的，摸了一把，粘粘的，它咬咬牙，忍着痛。

“做多少年了?”破锣嗓子问。

“刚刚。”

“原来干啥买卖?”

“在工厂，下岗了。”

“你小子也不学点正经事儿?”

潘根柱心里想：学了，没学会，换了几次小买卖，都赔光了。

破锣嗓子说：“你媳妇也要你干这肮脏事儿?”

“没了，”潘根柱的嗓门大起来，“让我玩钱给输了，跟了人了。”

“行，是一块好料。”破锣嗓子说，“愿不愿意入伙?”

潘根柱没有说话。尽管他干了许多坏事，但还没有想到入草为寇。他只听说过，这一片活跃着一伙打家劫舍的匪徒，杀人不眨眼，政府正通缉呢。

果然，破锣嗓子怒吼了起来：“把这小子给我弄到坟坑里埋了。”

于是他被几只拳脚打翻在坑里，哗哗啦啦的土拥在他的身体上。潘根柱一跃身跳了出来，拉住破锣嗓子的马缰绳说：“我跟你干吧，让我活着，好死不如赖活着。”

潘根柱跟他们走了，在黑暗里走出了好远，他的脚下是绊脚的荒草，他跌跌撞撞的。跟着他们来到了一座山里，进了一个阴湿湿的洞里歇着，一伙人打开酒坛子开始喝酒。洞里正“噼噼啪啪”燃着两堆篝火，这时候他才发现，马鞍子上还捆着一个老人，合眯着眼，坐在地上，浑身哆嗦着。

潘根柱一激灵，来到老人身边：“你，你不是四大叔吗?你怎么……”

老人慢慢睁开眼，看看他，又眯起眼，没有表情，身体哆嗦得更厉害了。

破锣嗓子走过来，潘根柱这才看清楚，这是一个又高又胖的男人，黑黑的脸，被更黑的茂密的络腮胡子淹没着：“怎么，你们认识?”他问。

潘根柱没有说话，摇摇头。他不想让络腮胡子知道，这位四大叔，是他爹的拜把子兄弟，闹日本的时候，两个人把一个日本官糊弄到马厩里，趁他不注意的时候，把他掀翻，摁进了盛满水的水瓮里淹死了。日本兵围过来的时候，他的爹故意用拌料棍击打四大叔。结果，他的爹被日本兵砍了，四大叔活了下来。

破锣嗓子说：“这个老不死的，他的小子是警察，开枪打死了我的俩

兄弟，今天我要用他祭奠，兄弟们喝一顿醒酒汤。”

山洞里，篝火正熊熊燃烧着，有两个人在旁边嚯嚯地磨刀。

“行了，行了。”破锣嗓子说，“开老家伙的胸。”

两个拿刀子的人走过来，老人的衣服被剥光了，两碗清水泼在老人的胸口。正要下手的时候，破锣嗓子说：“慢着！”他要过刀给潘根柱：“你小子动手。”

“我？”

“你！”破锣嗓子那张黑脸上，两只眼睛正盯着他，比刀子还锋利。他知道，今天不是老人死，就是他跟老人一起死了。它哆哆嗦嗦拿起刀来，走到老人身边，低声说：“对不起你了。”

老人的眼睛睁开了，亮亮的，久久地盯住他，突然大声地吼了一声：“你这个走狗！”一口唾沫浓浓地吐在潘根柱的脸上。

他一合眼睛，手里的刀，“噗”地插在老人的心窝里。

血流了一地。

潘根柱也昏倒在老人的身边。他醒来的时候，破锣嗓子正端着一碗汤在他的面前：“喝吧，喝一碗醒魂汤，看你小子有没有种。”

碗里面飘着一层油，每一点都是半圆型，月牙儿似的。潘根柱合上眼睛，“咕咚、咕咚”，一口气把那碗汤喝下去。

“香不香？”破锣嗓子说。

“香，真香啊。”潘根柱说，“我有个请求。”

“你说。”破锣嗓子醉醺醺的。

“这具尸体我想买了，趁天还没有亮。”

“有瘾？”

“想让你跟我做伴走一趟。”

破锣嗓子瞪了他一眼，他也瞪了破锣嗓子一眼：“怎么，你不敢啊？草鸡？”

“老子还不知道草鸡是啥，走。”他边说边牵马，吩咐他的弟兄们只管喝酒：“我去去就来。”

他们把老人的尸体包起来，放到马背上。两匹马踏着黑暗，向遥远的村寨奔去，马蹄声在黑暗里响着……

回来的时候，天蒙蒙地亮了。潘根柱掏出衣袋里的钱，买了一瓶五粮液，坐在路边的一个小酒馆，和破锣嗓子喝着，拜了把兄弟。

两个人都醉了。

潘根柱牵着马不骑，破锣嗓子也牵着马不骑，潘根柱说："你骑，我愿意给你牵马。"

破锣嗓子说："够兄弟，够兄弟情谊。"他一边说一边蹬上马鞍。就在这个时候，潘根柱疯了一般地窜了上去，用衣服一下子裹起破锣嗓子的头，把他翻下马来，用一根绳子结结实实地捆了，脖子和腿，捆成了一个弓型，放到马上，他蹬上马鞍，摁着他一溜烟地奔了出去。

他们来到县城的公安局。

潘根柱也伸出双手，让人把他铐了起来。他向公安人员说出了全部经过。

山洞里面的人，一网打尽了。

一场惊心动魄的公开审判，在县城里进行着。法官陈述了罪犯们的全部罪证，分别量刑治罪。

宣判潘根柱的时候，他抢在法官宣判的前面，大声说："让我自己宣判自己吧，我潘根柱该死，该判死刑，该枪毙三回。"

子孙满堂

哑巴端坐在屋里看电视，看得心里酸酸的，电视里正播放南方发洪水的消息：一个女孩儿，抱住细细的一根树叉，在洪水中飘着。解放军驾着船救了她。

哑巴的孙子呼唤她，他听不见。孙子伸过手要动电视上的开关旋钮，把哑巴惹急了，他抓住孙子的胳膊，使劲搡了他老远。

孙子说："爷，声音太大，我把它拧小点儿，惹你老人家生气了。"孙子说："到院儿里吃杯酒吧，大家要敬你。"

哑巴跟着孙子来到了院里。院子里的人们正吃着酒席，今天是哑巴八十岁大寿，子子孙孙几十口人，都端着酒祝福他长寿。人活着，不就图一个人丁兴旺么？他把几杯酒吃在了肚里，脸色红红的，冲着儿孙乐。

哑巴一生不曾婚娶，他的两个兄弟死得早，是他一手把他兄弟的孩子拉扯大。

他到集市上，做些瓜果梨枣的小买卖，人们都愿意买它的东西，他的秤总是给得高高的。

哑巴是个残疾人，心眼儿不残。兵荒马乱的时候，他在山上给八路军担盐，八路军不亏他这个残人，每一趟都付给他几个铜板，然后他就到市上换几个黄焦焦的烧饼，带回去给孩子们吃。

日子太平了，哑巴也渐渐老了，渐渐力不从心了，但是他还是想干活儿，他在大街拽住村支书的胳膊，哇啦哇啦地比划，村支书听明白他的话，说："你是想揽下打狗的活儿啊，这活儿让你包干了。"

每天下了晌，哑巴都提一根大木棒，在大街小巷里转游。村子里的狗都让他打死了。村子里完成了上级下达的打狗任务，受到了表扬，哑巴也挣了不少的工分儿。他把煮熟的香喷喷的狗肉，一碗一碗地端给四邻乡亲，也端一碗送到了村支书的家里。

村里不亏待他，哑巴活得受人尊重。

子孙后代也都敬重他。他为子孙们盖起了一座一座的院房，娶过来一房一房俊俏的媳妇。他的家人丁兴旺。

哑巴支撑着这个大家，子孙们谁都不敢提出分家，都怕他那火爆的脾气。

他习惯躺在大门口歇凉。孙子媳妇载着一袋花生往外走，他一骨碌爬起身，拽住自行车的后座架，哇啦哇啦地喊着。他是在说："你这个吃里扒外的东西！"

孙子媳妇哭了。

深夜的时候，孙子来到他屋里说："爷，人家往娘家拿一点儿花生，咱别显得小气。"

他生气地哇哇比划着：你这个混账，你爷不小气，能有你们今天的日子？发完脾气他匆匆走出了家门。

那一夜，哑巴没有回来，急坏了子孙们，都出去寻找。

哑巴站在村子外的旷野里，身上披着一层湿湿的晨露。他的身旁，是两座新堆的土坟，他比划着说他上了一趟县城，听说医院两个病死的女人没人认，他就把她们拉了回来，一个给他没娶女人的弟弟配婚，另一个——他指着一个坟头儿比划，等他死了和她埋在一起，你们可记住！

子孙们掉了泪。他们共同拥有的这个老人，把孩子们的事情安排好了，也安排好了他自己的事情。他是不愿给子孙后代留下一点儿麻烦。

哑巴的八十大寿，整整庆贺了一天。子孙们商议，凑钱给老人盖一座新房，算是他们尽的孝心，也让他好安度晚年。

哑巴连连地摇头，他撕开枕头，从里面取出两大摞票子，给他们说他有钱。但他不同意盖新房，他说他都是快入土的人了，儿孙们都安居乐业他就放心了。他把那钱交给大儿子，然后用手指指电视里正在转播的赈灾晚会，他是要把这钱捐献给受灾的人们。

满堂子孙面面相觑，屋子里只回响着电视里赈灾晚会的声音……

人活世上

田雨不知道他为什么要去看老康，田雨是颇有名气的作家。而老康不过是一个不入流的校医。此时的老康正躺在医院的病床上输氧，输液。老康得的是绝症。

见是田雨进来，老康颤微的手挪在嘴边，拽掉了捂在脸上的输氧管子，他煞白的双唇哆嗦着，吐不出声音。

田雨知道老康是想说什么，他想说的正是田雨不想听的一句话。平时，每次走个碰面，老康总要义正词严，用手做个手枪一般的姿式指着田雨，然后射出发自肺腑深处粗壮的声音："要出成果，出大成果，知道吗?"

而且老康是身体力行的。刚考入这所大学时，田雨在夕阳映红的操场上认识了老康，那时，老康在拆卸一辆八九成新的自行车，在车架上绑上两个异形的翅膀，老康对田雨说："这是我研制的陆空行进器。人活世上，要出成果，知道吗?"

田雨似懂非懂点点头。老康的行进器没能飞起来，可田雨的幻想却飞腾起来了。老康说得对，人活世上，是不该白走一遭的。

田雨那个时候喜欢写诗，那时候田雨还是老康的崇拜者。老康也常常写诗的，他的诗是书写发表在自家墙壁上的。虽大多是打油诗，但都长翅膀似的不胫而走，飞到人们茶余饭后的话题里，咀嚼成有味儿的佐料。

放暑假那天，老康拽住田雨说："回家干啥? 好男儿要出成果，出大成果，跟我出趟门儿。"老康说这次出门是搞个科研项目。

田雨就跟老康去了团泊洼，考察那里的蟾蜍，也就是癞蛤蟆。老康要用这东西研制一种奇药，可包治百病。田雨在团泊洼看到癞蛤蟆和当

地的没什么两样，与家乡不同的倒是绕道采揽的风采。还游了白洋淀，田雨和老康划船划了个全程。又绕道海上坐了轮船。有了一次在海上航行的经历，大海宽阔成一抹儿的碧蓝，水连天天连水的。田雨和老康站在甲板上，任凭浪花一簇簇溅射在脸上、衣服上，老康双目炯炯凝视着前方，又不住要即兴吟诗了，他高声喊："啊大海啊大海"然后停顿了许久，老康的脸憋得通红，突然蹦出了下句："真他妈的大!"

田雨"咯咯"地笑了。这就是诗啊！那满天满世界，不就都成了诗人?

从那时候起，田雨就决意不再写诗，而写小说了。他的小说一鸣惊人，一发而不可收拾了。然而老康的告诫常常把田雨搞得很窘，老康冲他说："要写长篇，出大成果，知道吗?"老康看不起田雨写的短篇，写的小玩艺儿。

老康是写大成果的。他对田雨说，他写成了《五百罗汉》，二百万字的书稿。

田雨仅仅是佩服老康的精神。他知道老康为这本书的资料，曾背着个蓝布包袱爬过五台山，还去了渺无人烟的戈壁大沙漠，全是自费。

但后来，田雨渐渐看不起老康了，他冗长的《五百罗汉》不像他的打油诗，能抄写在自家的墙壁上，没任何出版社肯出版，据说是因为文字功夫还欠火候。

但老康研制的奇药，却红红火火的，求售者络绎不绝。田雨也想试试他，领来了小姨子，说："她额上的这块红痣，能治么?"

老康大包大揽，当即在那张活亮的脸上涂抹上他自制的药膏："两个疗程准好。"他说。

第二个疗程，田雨没再领小姨子上门找他，老康却找到田雨问："治好了是吧?"

田雨只是笑笑，老康的药把一个本具美态的痣烧成了一块疤瘌。这件尴尬的事，田雨没告诉老康。

老康很得意，接着问田雨："最近有什么成果?要搞大成果，知道吗?"

其实，此时的田雨早已被人久仰大名，步入了名家、大家的行列。

只是老康，还如教训年青的他一样，教训一个有名气作家。

田雨不计较他的孤陋寡闻，田雨现在只是对他有点同情，有点怜悯。老康毕竟虚弱的连他最想说的话也说不出来了。

突然，病床上的老康精神起来，声音洪亮了起来：“人活世上，要搞成果，搞大成果，知道吗?”

田雨说知道。

田雨告别了老康，这次告别也是永别。他离开不久老康也就咽了气，他留下的那句洪亮的话，只不过是回光返照。

田雨在案前铺开了纸，他想写一写老康这个人的一生。于是老康在他的眼前活起来：板着脸，手使劲地比划着，时而肺腔中涌出一句低沉而粗壮的语言：人活世上，要出成果，出大成果。知道吗?

除了这句话外，老康什么都没留下。

抽 烟

老余不能抽烟了，他很难受。

老余不能抽烟的原因有两个，一是办公室新来了个漂亮女孩儿芳芳，强烈反对抽烟。二是局里新换了个局长提倡戒烟，把单位弄成了禁烟单位。

外面是倾盆大雨，这雨没完没了下了有些时候了，老余嘟囔着说：坏了，坏了，这天是下漏了，嘟囔着就忘了禁烟令，抽上了一支。芳芳瞪了他一眼：老余，你又抽烟了！吓的老余赶忙把刚点上的烟掐灭。尴尬地笑着，看着窗外的大雨，要是平时，他会偷偷地到外面背背人的抽几口，过过瘾。可这雨……老余发狠地捶了一下大腿，粗粗叹气。

原本，老余抽烟是有了名的，有时晚上办公室几个同事加班，老余一支接一支地猛抽，抽得满屋子云烟缭绕，两个烟盒抽空了，半夜三更没地儿买，同事说：那就别抽了。老余说：不抽了我就得睡觉，说着捡地上的烟头儿，一个个拆开再用纸卷上抽。局里到县里支农，几个人住的是潮湿的土坯房，半夜有个同事被蛇咬了。第二天老余说：它咬你，可不敢咬我，蛇怕烟油子味儿哩。

办公室的人们都议论着下县抗洪救灾的事。局里要抽人下去抗洪救灾了，要四十五岁以下都报名，老余超过四十五岁了，他看着芳芳谈水色变的样子，他有些得意。翘着腿，下去吧，下去该受点儿罪了。

芳芳套近乎凑在老余的身旁：老马识途，您老余给想想办法，怎么不下去，我、我……芳芳不好意思地红了脸，我是怀了孕了。

老余的得意换成了同情：是吗？那就竹筒倒豆子，给局长直说呀。

芳芳说：好意思吗？关键的时候，考验人的时候，我已经申请入党了。

老余说：哦！是这样儿啊，这样吧，我去给你说去，我就说我要替你去。说着就打了把伞，钻到了外面的大雨里去找局长了。他回来后淋成了落水鸡儿，说：芳芳，局长答应我替你去了。

芳芳高兴得不得了，说老余你真好，我该怎么感谢你呢，我请你吃涮锅儿，要不，你抽支烟吧。

这话说到了老余的心里：真的呀？芳芳说：真的！我真感谢你替我下去。老余心里想，哼，你当我完全为你呀？不是，到了下面就没人管制抽烟了，免得在这里憋死。

老余真的抽起来了，他抽得很专注，很深沉地抽着，来之不易的奖赏，让他觉得感动。其余的人说：老余，领导检查来了！

吓得老余一哆嗦，把烟藏在衣袖里。芳芳咯咯地笑着说：他们唬你呢，没事儿，你抽吧。

有芳芳做后盾，老余抽烟抽得耀武扬威了，一边抽一边对人们讲抽烟的理论：抽烟有害健康，这因人而易，我抽了大半辈子烟，也没见抽死，不抽烟可能就死了，人体内形成的规律是不能打破的。听说有个女作家叫王安忆吗？就喜欢看男人抽烟，她看男人抽烟就像欣赏艺术。还有贾平凹抽烟，贾平凹吸烟像吸氧一样。马克思是抽着雪茄写完了《资本论》，毛泽东是抽烟的，邓小平也抽烟，熊猫烟，美国南北战争的时候，李将军因为不抽烟才一败涂地，格兰特将军因为爱抽烟，所以万事亨通……。

有人起哄说：老余，越说你高你越扶着墙根儿走呢！

老余说：咳！你不抽烟你不懂，抽烟的好处多着呢，调节情绪，高兴的时候抽烟，无聊的时候抽烟，劳累的时候抽烟，害怕的时候抽烟……

芳芳说：老余，你害过什么怕呀？

老余嘿嘿着、不好意思地干笑：天不怕地不怕，怕老婆嘟囔。

说的人们呵呵地乐。

门嗵地一声开了，局长走进来，他伞上的雨水和身上的雨水哗哗地滴在地板上，见屋子里满是烟雾，恨恨地瞪了老余一眼说：你就抽吧你！你砸我文明标杆单位的饭碗，看我砸你的饭碗！

大家都不做声了，老余愣愣地，夹着烟的手指一动不动地僵硬在桌

子上，直到烧疼了，他才一哆嗦，把烟蒂摁死在桌子腿上，心想：都这么大岁数了，还叫人抠鼻子剜眼地训斥！他想着就说了出来：戒！我老余戒！谁要是再抽烟谁是兔崽子！老余说着眼泪儿也就出来了。

满屋子都是笑声。

外面的雨下得更大了……

抗洪救灾的人们下去了。

抗洪救灾的人们回来了。

老余没有回来。人们的表情都很沉重，特别是局长，提起老余眼睛早已蓄满了泪水。芳芳叫局长讲讲老余牺牲的情况。局长说，老余在乡下洪水中的任务，是在一个土台子上监视被水冲走的群众，发现水里有遇难者就用手机打快艇队，快艇队救下了不少在水里抱着木棍抱着箱柜的群众呢，老余是有功劳的。局长说：那是天快黑的时候，老余打手机给快艇队，说他站着的土台子要冲塌了，快来……快艇看到老余的时候，土台子已经剩下一个小土尖儿，老余蹲在上面，他在抽烟，是大口大口地抽着，那烟在黄昏中一明一灭的……最后，烟的光亮被大水一下子淹没了……

老余的命就这样没有了。

从此，芳芳对面的办公桌空空的，芳芳想着，老余最后的那一刻，面对要吞噬他的洪水，一定是害怕了，害怕极了，他才抽烟呢！

芳芳似乎又闻到了一股股飘逸的烟味儿，烟味原本也是芳香的……

鹦鹉螺

臃肿的海潮把旭的小船挤到海边时，天色已是混混沌沌暗了，几片儿亮白的海鱼“噼噼啪啪”在船舱里。正是旱季，再加上这片海滩被开发成了以“黄金海岸”命名的旅游地，招来了许多金发碧眼的外国人，水里岸上挤成了一片白生生的胳膊腿儿，扑通得蓝莹莹的海上浑浊了，怪异的气味儿使鱼儿不敢到这海岸来。所以旭打不到鱼了。

船老大们都在海滩上办旅馆开饭店，摆上了密密匝匝的小买卖，都发了洋财。

旭却离不开大海！旭的爹旭的爷爷旭爷爷的爷爷祖祖辈辈，血管里流淌的都是渗透大海咸腥味儿的血。虽然出海打鱼只能换一个油盐酱醋的小日子，但旭并不稀罕弃海经商暴富。

旭的脚踏上岸时，耳边清清脆脆响了一声：“爹！”

这是他五岁的儿子海生，一个圆头圆脑的小家伙，正站在沙滩上等他。

他抱起儿子走回船舱，取出一个红红蓝蓝、斑驳艳丽的海螺。他每次都为儿子带回一个、几个海螺，吃海螺是儿子的爱好。

回到家，儿子眼里嘴里都馋，舔着润红的双唇：“真好看！”他说。

“吃吧，爹还给你逮。”旭用一壶开水在螺体上冲出一股白烟和香味儿。

海生吃海螺时，两只眼睛放着光彩，吃完了，还呆呆地坐着，回味着。

旭用那只漂亮的螺壳，为儿子制成了一把小螺号，用红丝绳拴在儿子的脖子上。

海生撒着欢儿，跑到阳光耀眼的海滩上去吹：“嘟——”“嘟、嘟——”

水里，岸上，一张张惊奇的脸寻觅着这声音。即刻，海生被白裸裸的肉体围得水泄不通。

“哼，少见多怪。”海生藐视这些老外的同时，崇拜他的爹，他想，他的爹才是世上最有能耐的人。人群中，挤过一个戴金丝边眼镜的老外，用生硬的汉语说他是搞海洋生物的，对螺号感兴趣，想看看。说着塞给海生一把票子。

海生推开那钱说：“看看就看看，给啥钱，小家子气！”

老洋人捧起螺号，细细地瞅着。突然，他大叫了一声：“哎哟，这是鹦鹉螺啊！”

轰轰嚷嚷的人群一下子静下来。老洋人说，这鹦鹉螺是宝贝，无价之宝，据资料说，现在已经很少很少了。

海涛“哗哗”地响着……

旭挤进来，为儿子解围。老洋人问他，这螺壳哪里来的？

“大海里逮的。”旭说。

“那是活的啦？那螺呢？”

“吃啦，我儿子吃啦。”

啊！所有的人都惊呆了。这分明是一口吃下了百万富翁的锦绣前程。老洋人瘦瘦的身体树叶般地抖着，脸煞白。

旭哈哈地大笑。把笑声同海涛声合奏，气势恢宏。

“真真的好口福！”旭狠狠地拍了下儿子的头说，“不愧是我的儿子，有种！”

密密麻麻惶惶然的目光，看着旭父子俩健步离去。

海滩上，又深深地荡漾起海螺号的声音：“嘟——”“嘟——”

花戒女孩

街道两边的人行道上，摆满了形形色色的摊点，拥挤了行人，也方便了行人，人们唾手可得自己所需要的物件。一个青春女孩，正在和一个卖杂品的摊主讨价还价。摊主是一个中年男人，背有一点驼，脸色很黑很憨厚，笑着的脸上布满了皱纹，他正向女孩介绍他的商品。

女孩要买他的衣服架，认真地、口齿伶俐地和她讲价钱。

中年男人说：我这衣服架没有多少利，下岗的人，挣点钱能喝粥就行了，你看着给吧。

许多人从他的摊点旁匆匆地、不屑一顾地走过。又刮过一阵硬硬的北风，那男人穿得很单薄，把头使劲缩在衣领里。

女孩给他五块钱，要买他五个衣服架。

于是中年男人就从挂起的一串衣架上取货，那些衣架用一根塑料绳子捆着，显然那男人因有了买主而激动，解绳子的手在哆嗦，越哆嗦越是解不开，头上开始冒出了汗。

女孩有点不耐烦了，不耐烦地在旁边徘徊。慌的那男人从货摊中取出了小刀儿，噌噌地去割那根塑料绳子，他怕女孩等不及了走开。

女孩看着他笨拙的割绳子的样子，扑哧一下笑了。这时候那男人哎哟了一声，它用力过猛，绳子一下子断了，那小刀蹭到了他的另一只手，血一下子涌出来，鲜红鲜红的。

他没有顾及自己流血的手指，让女孩挑衣架。他说你看哪一个好看？挑最好看的。

女孩说：你看你的手指流了这么多血，疼不疼啊？男人用唇嘬了一下手指，嘬干了手指马上又浸出了血来。女孩惊恐地看着他流血不止的手指，从地面的布上撕了一个布条，为他裹手指。男人说：我自己来吧，我自己来。他一边捏着布条，一边把衣服架递在女孩的手里。

女孩想走了，却又犹豫了一下。她看着他流血的手，再看看他的杂品摊上的小物件。

这戒指很不错，女孩说。

男人说：不错你就买一个吧，戴到你的手指上一定很好看。女孩挑了一枚花戒，摘下了皮手套戴在手指上。中年男人看见她的另一个手指上还戴着一枚金戒指，憨憨地笑着说：当然比不上你的好看。你那个是真金的，我这个是装饰品。

女孩说：还真是好看。那男人的脸上一下子笑出灿烂的皱纹。

女孩把一张十元钱交给他。男人说：就一块钱。说着从一把碎钱里为女孩找钱。女孩说：不用找了。你赶快去买一个创可贴吧，别让手感染了。说完留下美丽的一笑，走了，消失在来来往往的人群中……

那个中年男人，久久地伫立着，眼圈里朦胧地湿了。

诗歌女孩

有一个女孩叫杨帆，漂亮又文雅。在笑声朗朗的饭桌上，不声也不响，一边吃饭，一边闷着头看诗集。书本离她的眼睛很贴近。别的女孩说：嘿！别把饭吃进了眼睛里。

杨帆羞羞地说：忘了戴眼镜。

饭桌上一片咯咯的笑声。女伴儿拿过她那本书看了看说：呦！看诗哩！她们抢过那本书轮着看，可她们并不是看诗，而是对诗集夹页上的照片感兴趣，她们说：哟，这就是写诗歌的人哪，还是个女的，长得不好看。于是那本书被冷落在饭桌上。

她叫舒婷你们知道吗？我给你们背她的诗吧，诗名叫《致橡树》。杨帆背诵得很投入：我如果爱你/绝不像攀缘的凌霄花/借你的高枝炫耀自己/我如果爱你/绝不学痴情的鸟儿/为绿荫重复单调的歌曲/也不像泉源/常年送来清凉的慰藉/也不止像险峰/增加你的高度衬托你的威仪/甚至日光甚至春雨/不这些都还不够/我必须是你近旁的一株木棉/作为树的形象和你站在一起/根紧握在地下/叶相触在云里/每一阵风过/我们都互相致意/但没有人/听懂我们的言语。

女孩们真的听不懂，但还是说：真是好诗！长得不好看还真写出了这么好听的诗！杨帆你长得好看，你会写诗吗？

杨帆低下头不说话了，她的饭勺在别的女孩的饭盒里翻找，翻找得很专注，翻找着土豆烧牛肉的精华。饭盒的主人推了她一把说：别把土豆也吃进你的眼睛里！

杨帆抬起头笑了，女伴说：杨帆，你看看你自己的眼睛，你的眼睛真好看，你不戴眼镜时比戴眼镜好看得多！

于是大家都看杨帆的眼睛，说她的眼睛比诗好看，还看什么诗啊！

女伴们的笑声夹杂着洗饭盒的声响，然后咯咯地笑着陆续走出了饭厅。杨帆一边走路一边还看她的诗集，差一点撞到楼梯的栏杆，正碰上了经理，经理说：杨帆，你这个书虫儿，我给你说啊，有人反映你了，在岗位上还看书，在岗位上看书要罚款的啊！

杨帆红了脸，两手紧紧地把诗集贴在胸上，怕别人抢去了似的，像犯了错误的孩子匆匆走开。

下了夜班已经很晚了，集体宿舍的晚上是女孩们兴致飞扬的时候，仍然是咯咯咯的说笑声。杨帆哗哗啦啦翻着旧报纸，戴着眼睛细细地阅读。

同伴们要打扑克，把她的报纸铺在了凳子上。这让杨帆很心疼，抽出来那报纸，给他们换上了她洁白的手帕。

同伴们嘲笑她说：是什么破报纸，密密麻麻的字就像蚂蚁爬。

杨帆只是专心看报纸上的诗歌，看着看着扑哧就笑了，笑得同伴们都扭头看她，看着她说：哎哟！真是不得了！诗歌让我们漂亮的姑娘走火入魔了。大家都诅咒诗歌是魔鬼，接着边打扑克边谈论爱情，谈论着情爱男女的缘分。

杨帆把那份报纸扔过来说：看看什么是缘分吧，你们诅咒的诗歌魔鬼告诉你们什么是缘分。

那张报纸上印着一首《缘》的诗歌，这让女孩子们感兴趣。有一个女孩就念了出来：缘/是同一轨道上的两列火车/向相反的方向驶去/总会相遇/缘/是川流不息的人群/两双真诚的眼睛/偶尔的一瞥/便有爱的印记留在心底/缘/是他希望有你/而你也渴望有她/然后紧紧拥抱/让两个人做同一个梦/欢声笑语蜜语甜言里/你是她/她也是你。

女孩们都说好，都赞不绝口。诗歌的作者叫红孩儿。

大家都断定：这个红孩儿一定是男的。有一个大胆的女孩儿说她要嫁就嫁给他做老婆。

宿舍里咯咯地笑个不止。

杨帆说：其实阿，咱们女孩儿的笑声就是最美最美的诗歌。

大家渐渐地也爱看报了，或者说，每当杨帆看报纸，她们都关注报纸上不断出现的红孩儿的名字。都说：哟！这个大诗人红孩儿写得真多

啊。特别是声明要嫁给红孩儿做老婆的那个女孩，朝思暮想着红孩儿。

杨帆凑近那个女孩耳边说：你要嫁就嫁给我吧！

于是一个消息不胫而走——杨帆就是诗人红孩儿，杨帆原来是个了不得的诗人！没想到，真是没想到。

从此，同伴们对她刮目相看了，女孩们都爱读诗了。

女孩是诗。

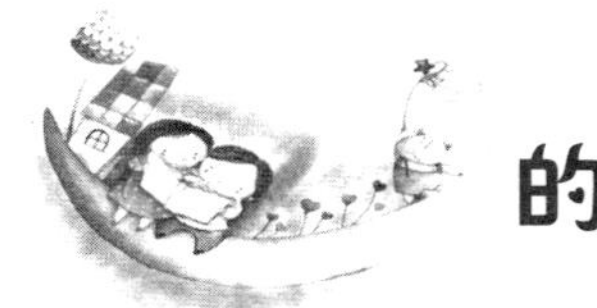

的士女孩

满街的灯光在车窗外流动。

焦娇眼睛的余光，瞅见隔离层的那边，乘车的客人那双贪婪的目光在看她。她没有恼怒也没有害怕，她觉得很得意，她知道自己长得很美丽，白里透红的脸，鸭蛋形状的脸，嫩的一掐就会流水儿的脸，梦一样亮亮的眸子，云一样黑黑的披发，好看。长得好看就是让人看的嘛。她扭过头，对正在看她的客人灿烂地一笑。

客人倒觉得不好意思了，不好意思地回避了一下她的目光。然后说：你还是个姑娘吧？姑娘开出租很新奇。

焦娇说：新奇啥呀？

客人说：坐漂亮姑娘的车不觉得累。

焦娇说：那你就多坐一会儿。

客人开始大胆地和焦娇聊天了，他问她有没有对象了？长这么漂亮怎么还没有对象？

她说没碰到如意郎君。

他问什么样的郎君你才如意呀？焦娇说和别的男人不一样的男人，独一无二的男人。

焦娇扭过头认真瞅了他一眼，没有说话，只是笑了笑。客人开始谈性的话题，说弗洛伊德就是研究性的专家。

焦娇说：真看不出来，你还是有学问的人呢。客人说：咳，都商品社会了，生意人出卖商品，戏子出卖感情，政客出卖良心，女孩子出卖原始生殖资源，算不得惊奇，算不得惊奇。

焦娇说，你看过冯梦龙的《三言》没有？好几本呢，《玉堂春落难逢

夫》、《杜十娘怒沉百宝箱》、《卖油郎独占花魁》，都编成戏了吧？

焦娇说：都是妓女，都是卑贱的人。

客人说：哎呀，你还是真有学问，有学问的漂亮姑娘，敢于大胆谈性的漂亮姑娘，我真是破天荒遇到。

焦娇说：性最美丽，中国人就是爱把最美丽的遮掩起来，外国人就不，莎士比亚的每一个毛孔都充满了性，他是大戏剧家。中国就一个人说出了真理：食色性也，是孔夫子说的吧，所以孔夫子是圣人。

客人若有所思，那双眼睛更明亮地在焦娇的脸上扫着，他悄声地说：多可惜啊，这么好看这么有知识的姑娘开的士，可惜！这样吧，我想约你找一间房子谈一谈，好吗？

焦娇说：这辆车不就是一间流动的房子吗？谈吧，看我们能不能谈得拢。

客人好像很惊喜，说谈得拢，我们怎么都能谈得拢，说不定我能谈成你的如意郎君呢。

的士这时候开到一个静僻的地方，客人说：咱们停下来歇歇吧，开一天车够累了，让人怜花惜玉，你缺钱吗？我有。

焦娇说：我知道你还是谈性，别把性和钱连在一起，性不在钱之上，也不在钱之下，性在钱之外。

说得客人愣神儿。车还在匀速地开着……

焦娇说：你们男人呀，都是好色，对不对？当然，爱美之心人人有之，可以理解。我想起了一首诗歌叫《陌上桑》，里面有这么几句：行者见罗敷，下担捋髭须。少年见罗敷，脱帽著帩头。耕者忘其犁，锄者忘其锄。我像不像罗敷？客人说像。

焦娇说诗里还有两句呢：使君自有妇，罗敷自有夫。

客人说：你不是还没有对象吗？

焦娇说：将来，将来我自然会有啊，我还真想你能成为我的如意郎君，可你不能。

客人问为什么？焦娇说：你不是独一无二，你和别的男人一样。然后焦娇给他讲了好多男人向她调情的故事。客人有些扫兴，不说话了。

车还在匀速行驶着……焦娇说，她真想嫁给一个男人。

客人问是谁？焦娇说，是孔夫子，食色性也，是孔夫子说的吧？可孔夫子没性的绯闻。

客人说：白说！给你白说了一路，停车停车！你这是往哪儿开呀？

焦娇说：我正要问你，你到底要到哪儿去？

客人说了一个地点，可他要到的这个地点早过了许多路程，只好掉头而回。

到目的地之后，焦娇撕了的票，这让客人咋舌，十分沮丧地付出了一大笔的票钱。

焦娇的头伸出车窗外，看着沮丧地走去的客人的身影说：如果你意犹未尽，什么时候到我的学校来谈吧，我是首都师范大学哲学系的学生，我是替我哥哥开一班出租，记住，我是哲学系九九级二班的，叫焦娇。

客人愣了，然后停下来回过头，然后又摇摇头……

吉它女孩

小酒馆儿里的情致很好，人们喝着酒，轻声细语地说话。

走进来一个女孩，十五六岁的年龄，她瘦弱的肩头挎着一把精致的吉他，脸上白里透红，文静的站在厅里，不说话，只用黑亮亮的眸子向人们传送着和善。

人们开始注意到她，有一个男人说："小姑娘，会不会弹吉它?"

小姑娘点点头，把她的吉它捧在了胸前，恭敬地站在了那男人的面前。男人喝得有些醉意，要小姑娘给他弹曲子。

吉它声响起来。她弹的是电影《铁道游击队》的插曲，很抒情，或缓慢，或急促，或深沉，或悠扬，或明快，或含蓄，或细腻，或粗狂，或幽深，或热烈，像窗外流溢的夕阳……

这使人像是又看到了电影中弹琵琶的小游击队员，弹着琵琶，唱着"西边的太阳就要落山了"的歌曲。音乐是所有艺术门类中最能表达情感的形式，常常拨动着人们喜怒哀乐的心弦。女孩的吉它声注入到人们的酒杯和茶杯，人们的情趣变得更有味道了……

一曲罢了，酒馆里静谧下来。那个喝酒的男人问小姑娘："上学了没有?"

小姑娘腼腆地摇摇头，又低下头，红润的脸颊更加地红了。

男人若有所悟地"噢"了一声说："是为了挣钱啊!"他让女孩给他弹一曲"小妹妹坐船头"。

女孩就给他弹了。随着快活的乐曲，那男人陶醉地眯着眼摇着头……

人说："弹得好！弹得好！来，小妹妹你陪我喝一杯酒。"

女孩摇摇头，又低下头，不说话了……

那男人有些不高兴，不再理睬女孩了，那男人和他的同伴继续地喝酒，女孩无聊地拨弄着她身前的吉它，那音乐有一些淡淡的忧伤。

男人回过头来说："你看你麻烦不麻烦！别扫了我的酒兴。"

吉它声戛然而止了，可女孩却没有走，仍然低着头站着。

男人说："你不是想要钱吗?"随即摸出了一张毛票，送给女孩。女孩的目光在那两毛钱上犹豫着，最后还是接了过来，之后仍然在那儿直直地站着。

男人说："你站着不走是嫌钱少啊？就你弹的鬼曲子，给你两毛钱也就不少了。"

旁边的客人对女孩有一些同情，同时把不满的目光聚集在那个男人的脸上，那张脸被酒烧得通红通红的。

大家纷纷约女孩弹曲子，女孩摇摇头，眼睛里蓄满了泪水，泪水落下来，滴湿了她手里的那张毛票。

女孩不哭了，白皙透红的脸上露出了一抹淡淡的微笑。她突然平和地用纤细的手指，慢慢撕那张毛票，撕得很慢很慢，随后把撕的碎片高高地扬起，碎片纷纷扬扬飘落了一地。

女孩走了，瘦小的身躯挎着她那把精致的吉它无声地走出了店门，消失在外面的黑暗里。

女孩像一个梦，让人们想了好半天……

自助餐

荣涛开完会已经差一刻十二点了，一出门口就碰上几张年青的笑脸。其中一个说，荣老师，我们几个请您吃饭。说话的人叫李岩，上学的时候荣涛教过他们的哲学课，接触不算多，只知道他是学生会干部，现在在一个镇里当镇长，其余几个，也分别在县直机关里工作。大家都说，今天是教师节，想请老师聚聚。

荣涛说，哦，就是，上午我还到学校里慰问老师们呢。学生们也来给他过教师节，让他又想到了自己也曾经是老师，让他感到兴奋不已。在市委机关干了几年，现在被派到这个县里当县长，学生们也算是贴近的人了。他说，好，正想和你们叙叙呢，今天我请客，到我家里去。

李岩说，老师说哪里话，这不就本末倒置了？你是我们的根。该我们请您，饭店都定好了，大豪门。

于是他们就来到大豪门。李岩吩咐服务员，开206雅间，定好了的。

荣涛说，我看这样吧，就自助餐，在大厅里热热闹闹的好。学生们不愿打老师的别扭，只好吃自助餐，大家给荣涛敬酒，由李岩发祝酒词：为荣老师教师节愉快干杯！

大家都干了。荣涛心里高兴，到这里都县长县长地称呼他，到底是听人喊他荣老师亲切。

大家回忆校园旧事。荣涛四十多岁了，怀旧已成了一种幸福，他说，你们上学的时候啊，都还毛孩子呢，现在都是骨干了，咱们县里经济发展就靠你们这些年青的人作主力了。李岩说，这得力于老师的栽培，老师当年讲的哲学观点是种子，我们是种子发芽。

荣涛说，我这半辈子最快活的时候，是当老师那会儿，现在啊，实事求是说，累，心累。他说着就把一杯酒喝干了，学生们也都干了。学

生们给他夹菜，热情洋溢，不知不觉已过了很长时间，桌子旁空了好几个酒瓶子。李岩吩咐服务员换火儿，炉子里的蓝火苗又腾腾地旺了。李岩端起酒杯敬酒，荣老师，我喝三个，您意思意思就行。说着李岩就喝了三个酒。李岩又说，荣老师，做事和喝酒一样，平时您说说话，我们就赴汤蹈火。

又有人说，师生如父子，我们还得您来管着呢。

荣涛很高兴，心想，打仗还需父子兵，师生不是父子，但又和父子一样，这是他在县里工作的基本力量，亲近，不需要有戒心。大家又向荣老师敬酒，荣涛的脸喝得像一块红绸缎，和这些学生们喝酒，也用不着有戒心。

荣涛的酒杯刚刚端起来，眼神儿突然一亮，呦！老同学。说着径直向厅内的一个角落走过去，与一个瘦瘦的男人握手，很长很长时间地握着。

大家也一起走过去。李岩握住那位瘦男人的手说，区老师，没想到您也在这儿吃饭，和谁一块儿啊？

区老师说，就我一个，今儿教师节，家属也没在，图个省事儿。

荣涛说，李岩，区老师是你的班主任吧？李岩说是。荣涛说，你们才是正宗的师生呢。

荣涛把区老师让到他们的餐桌上，加了餐具，他说，咱们是老同学了，又是六年的同事，六杯吧，六六大顺。他们一口气喝了六杯酒，大家也都向区老师敬酒，区老师也没有推辞，一口气喝了一圈儿，眼神儿都发直了。他说，荣县长……

荣涛一下子握住他的手腕，说，你怎么也叫我县长，我们是什么交情啊？

区老师想叫他的名字，可舌头打不过弯儿来，荣、荣县长，看看，看我，就这么叫吧，荣县长，我是李岩的班主任，对，还有他，他指着另一个学生，都是我得意的学生。

荣涛说，活明白了，还是师生间的情分。我刚来到这个县，就体会出来了。想必是你了解同学体验的更深，你们在一个县里，常见面吧？

区老师说，见面不多，都忙，六年前咱见过一次，是吧李岩？他们几个，毕业后是第、第一次见、见面。

荣涛显得不可思议，想了半天。

区老师对荣涛说，我、我见到他们心里就高兴。他凑近李岩的耳边轻声说，你们找荣老师有事儿说吧？今儿是个机会。说完端起酒杯，来来来，大家一块儿干杯。

几个学生都向区老师敬酒，同时也向荣涛敬酒，荣涛说不喝了，到上班的时候了。

区老师说，就、就是，他对几个学生说，县长忙，咱们，别、别耽搁了正事。你们等、等等，我去方、方便一下，说着摇摇晃晃地离座。

区老师好大会儿没有回来。李岩说我去看看区老师，他先到了收银台那里结帐。被荣涛看见了，走过去抢着结，服务员说，你们的帐结过了，是刚才那位瘦瘦的先生。

大家面面相觑。这吃得是什么自助餐啊？分明是吃区老师的赞助餐。大家好像有许多话要给区老师说说。

可区老师已经走了。

关于指标

竹林老师从学校回来，很生气，坐在沙发上抽烟。

他儿子叫竹园，走过来看爸爸的脸色说话："爸爸，什么事情让你不开心?"

"指标，评职称的指标，我给校长吵了。"

儿子哎呀了一声，觉得爸爸做得不妥当，却不敢驳他，就给爷爷说了，爷爷叫竹节，三代人缘了一个竹字儿，竹节对孙子说："你爸爸这脾气，五七年也成了右派了。"

竹林说："不就是脾气直吗?"脾气直的人要么行侠仗义，要么拍案而起，他想他的爸爸五七年当右派是属于前者，而他今天是拍案而起了。

竹林向一老一小诉说："前年评职称没指标，去年评职称没指标，今年还没有指标，指标都给了别人了，这叫先哭的孩子先喂奶！我今儿给校长吵了，管他呢!"

儿子说："咳！给就给，不给就不给，不就一个副教授的指标吗?"

说的竹林瞪眼："就一个指标？说的轻松，没有指标，会有你竹园吗?"这让儿子想起爸爸曾给他讲的往事，他妈妈怀他的时候就没有生育的指标，为此妈妈在单位受领导扣鼻子剜眼的训斥，大会儿小会儿还挨过批判，妈妈骑自行车的时候故意狠摔，却没有摔掉肚子里的他，还是爸爸厚着面皮到计生委老同学那里走后门，他的老同学从抽屉里翻出一个证，这才生下了他呢。

所以儿子没有话说了。

"来，孙子，今天我也给你讲一个指标的故事。"竹节老人说："那个时候我在单位里把大门儿，还兼烧着锅炉，反右斗争真把人折腾得够呛，

上边分下来右派的指标，给谁啊？把老书记难得整天低着头走路，所以我说，就分给我一个指标吧。说得老书记愣神儿，我说你别愣，没人要指标我就要一个。老书记说，没见谁申请右派指标的。我说，今天你不是见了吗？把老书记感动得就掉了泪儿了。我说，你给我指标我还有一个条件，老书记说你有十个条件我也满足你。我说，不能开除我的工职，也不要降我的工资，行不行？老书记说，行啊！我给你长一级工资都行。"

于是竹节就被定成右派了，定成右派也就被开除工职了，开除工职也就被流放回农村老家了。直到三中全会后他才被落实了政策，落实了政策他就回到了城里。

"绕了一个大圈儿，"竹节老人说："可我没有后悔，我不当右派，别人也会当右派的，就算是自己替别人消灾辟祸了，不是说救人一命胜造七级浮屠吗？要一个指标造一个七级浮屠，也算值吧。可你呢？"老人说儿子竹林，你要一个副教授的指标能造一个浮屠吗？"

竹林说："我不想造什么七级浮屠，我要指标哪里仅仅是一个指标啊，这是面子。"

竹节说："你是说我没面子了？"

竹林说："有，您老人家要了那个右派的指标，到现在受到了人们的尊重，你是有面子！可你孙子如果没有生育的指标，会有你的孙子吗？你儿子没有职称指标，会有当副教授的儿子？我不要什么浮屠，我要的是象牙塔。"

老人弄不清楚什么是象牙塔，他只知道当年他要指标是为老书记担担子，而今天儿子要指标却给人家领导吵了架。这让他感到十分的愤怒，更愤怒的是他的儿子不像他的儿子了，敢给他顶嘴了，宁愿要一个指标而不要他这个爹了。

也罢，老人说："我今天也给你要一个指标，你把当儿子的指标还给我，我不是你的爹，你也不是我的儿子了，两清吧！"说完气呼呼地走了出去，儿孙在后面叫他他也没回头。

后来才知道，老人到竹林的学校去了，是替儿子给校长赔错去了。

关于指标的事情，竹林没有再提起，只留下这样一个故事，让人们听了，都说，这一家老小真是有趣儿。

心是云彩在飘

紫嫣的中指和无名指夹着一只烟，托着腮，梦一样的眼神，她懒懒地吐了个烟圈儿说：“大贵，我要调到南方去了，真正的天涯海角，海南。”接着默默地读起“夕阳西下，断肠人在天涯”那首有名的小令。

大贵斜了她一眼，“看看，这就是女人，男人一辈子都不懂。你都是大作家了，我说你好端端的北京城不呆，跑到那鬼地方干什么？”

紫嫣苦笑了一下，红红的唇里吐出了一串儿袅袅烟雾。

大贵劝她：“到那偏僻的地方，对你的创作有利吗？你的小说写得那么好。”

紫嫣说：“我的大老板，小说能当饭吃吗？能当房子住吗？”

大贵靠在阔气的转椅上，叹了口气，他想也是，紫嫣都三十多岁了，还和丈夫女儿住公寓的一间房子，睡觉要爬着梯子上床下床。紫嫣心里不快活的时候，喜欢给大贵说说心里的郁闷，把他当大哥看待，她觉得大贵欣赏她，比别人强。比如，发表了作品，丈夫却不屑一顾，总是笑着说：“挣多少钱啊？”还有那个办公室的老头儿，最讨厌了，总对她甩白眼珠儿，看不惯她整天冥思苦想的，这年头儿，时兴钻钱眼，谁有了钱谁就是爷爷，小说算是他妈的孙子。

他说：“我们到外面转转，散散心吧。”

外面的太阳十分热烈，毛毛刺儿似的扎紫嫣的脸，她从空调屋里走出来，一下子不适应，汗很快地溻湿了衬衫。

附近的一栋楼房正在装修施工，脚手架很高，上面晃动着两个身影，电钻哗哗地响着，尘沙顺着那个工人的头和脸荡扬着。

“看看，这就是我的员工。”大贵说。

上面的那个小伙子，正从一个脚手架试探着、颤巍巍迈向另一个脚手架。紫嫣的心扑通扑通地跳，她屏住呼吸，不敢再看了。心想，劳动人的命，就这么不值钱啊。

大贵在给她讲创业的故事，当年他也是从这样的经历中过来的。

“老板。”一个怯怯的声音。

一个小伙子，大汗淋漓地站在他们面前，紫嫣认出就是刚才脚手架上的那个小伙子。他说：“老板，我想请个假，我的对象来看我了。”

大贵没有说话，他们顺着小伙子的目光，看见不远的地方，有一个姑娘正在烈日下站着，那张脸红红的，像是一朵绽开的花儿。

大贵板着脸说：“不行不行，工程正是火烧眉毛的时候。”

这让紫嫣觉得不舒服。

小伙子抹着脸上的汗水，无奈地看着他的女朋友，又爬上脚手架去了。

电钻更猛烈地吼起来。

大贵说：“我们还是去喝茶吧。”

紫嫣心里别扭，跟着他回办公室，身子一下子凉爽了，心里也凉凉的，没有话说只是听着大贵讲他的经营之道。

过了很久，大贵讲累了，两人只是静静地坐着。紫嫣的中指和食指，夹着燃烧着的香烟，抽着。

笃笃的敲门声。

进来的还是刚才那个小伙子，还跟着他的恋人，羞怯地躲在小伙子的后面。“老板，”小伙子不敢正视大贵，低着头嗫嚅着，“我想，我想辞掉工作，我们要回南方去了。”

大贵尴尬地看了紫嫣一眼，对小伙子有些发怒：“行啊，我这庙盛不下你这个大神灵了，你去找人事部申请。”

紫嫣插言，问小伙子：“你是什么地方人啊？”小伙子说是湖南。“哦，这么远来到这里，背井离乡的，真让人怜悯。”紫嫣想着，就说出来了。

“老板，”小伙子怯怯地瞅着大贵说，“您能不能把我那二百块钱押金给退了？我们回去少路费了。”

大贵说：“这是不可能的事儿，你的签约不到日期，怎么能退押金呢?”

小伙子和他的恋人相互看了看，说：“不能就算了，咱们不要了。”然后两个人就出去了。

啥叫资本家呀？这就是，狠心。紫嫣心里有些恨大贵，看他对工人那张脸！紫嫣不愿意看他了。

“喝茶喝茶。”大贵说。

紫嫣品着茶，说：“你这茶太苦，我不想喝了，我想回去了。”

外面是烫人的太阳。

紫嫣低着头，心事重重地走着。都是些叫人不高兴的事情，人类的历史就是被压抑的历史。怎么就突然冒出了这句话？是谁说的？是弗洛伊德，没错儿，弗洛伊德说人类的历史就是被压抑的历史……

走到一个楼房拐角的阴凉地方，紫嫣又看到那个小伙子，他坐在那里看一本书，很专注，旁边是那位姑娘，靠着小伙子的肩膀睡着了，眼睫毛很长。

真好看，多像一幅好看的油画呀！紫嫣怦然心动，站住了，看看他们。

人行道上人来人往，小伙子全然不知。一张汗痕斑斑的脸，面对一本文学刊物。看着看着小伙子扑哧一下笑了，笑得是那么快活。

紫嫣来到他的身后，看见他读的是一篇小说。呀，他读的是她写的小说！紫嫣还是第一次认真地看见别人认真地读她的小说，觉得很新鲜。

她一下子快活起来，心情像云彩飘。她没有惊动小伙子，不要去剥夺小伙子的心情，看小说时他肯定忘了累忘了受到的屈辱，让他高兴一会儿吧，她想。

还去不去海南呢？紫嫣想了一路，回到公寓，她看到什么都顺眼，认真地拾掇起家务，又打开音响听起了音乐，很久很久，没有这样的心情了。

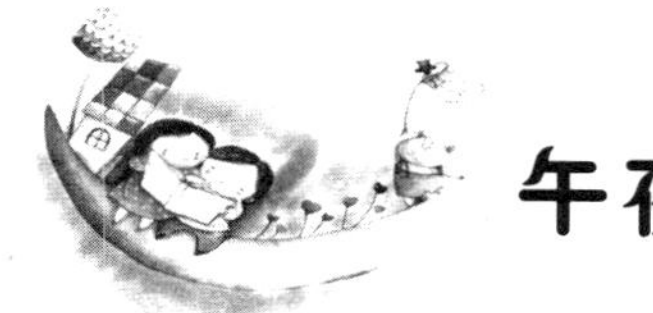

午夜玫瑰

夜很深了。

陈芳走在静谧的大街上，路灯的映照把她的身影拉长了，又拉短了……

她是刚刚下了火车，她想起了往日家中贵客盈门的一张张笑脸，想起了在灯红酒绿中的热闹，这一切突然消失了。

她想，这才是真实的自己。其余的一切都是虚幻。那时她是局长的太太，而现在不是了，丈夫出了事如今被关在那个遥远城市的一个深墙内。

一对情侣，依偎着和她擦肩而过……

丈夫也曾在好多傍晚陪她散步，他那高大的身躯，总把她和路中间来来往往的汽车隔离开来。她爱吃的冰糖葫芦，吃完了，他就递给她一块纸巾。如今再回味这种感觉，酸酸甜甜地浓烈着……

黑夜很好，像厚厚的铠甲，能遮挡住白日里人们枪矛利箭一样的目光，让她觉得有种安全感。做官像在路上走路，后面总像有一只老虎在追着，现在没有老虎了，好了。

她明白了官场是怎么一回事儿，厚厚的人情，原本是那么薄薄的一张纸。她那宽敞舒适的家，没贵客盈门了，那部原本经常铃铃响的电话，也用不着她替丈夫考虑接不接的问题了，她常常面对着那部哑了的电话机发呆，甚至用自己的手机拨通眼前的那部电话，听它脆脆的声响……

她想，现在儿子是不是睡了？

这些天的每一个晚上，她都要和儿子一起叠一只纸鹤，已经叠了九

十九只纸鹤了，今天晚上独自在家的儿子叠纸鹤了没有？丈夫是离开他们整整一百天了。

一辆轿车从她身边疾驶而过。

她真想再坐坐曾经习以为常的轿车，那个时候的奢侈她却没有体验到是奢侈，失去的是美丽的。她想回去马上洗一个澡，她的身上还厚厚地包裹着旅程中前胸贴后背拥挤的感觉。

她走得有些累，掏出手机拨了丈夫司机的电话号码，又挂上了，她现在是什么身份？黑暗中的她暗暗地紧蹙了一下眉头。

她听见自己的高跟鞋踏在大街上的声音很响，于是放稳了脚步走……

毕竟，还没有到山穷水尽的地步，还没有到光着脚走路的境域，她有思想准备，即便哪一天真的穷得赤脚而行，那大街上还有缺一条腿拄杖而行的人呢。陈芳苦笑了一下。劳动者的伟大，她曾没有看到眼里，今天她体会到了，什么叫塌实，劳动者没有谁看到眼里，没有谁放在心里，靠劳动吃饭就是塌实啊，管别人理不理看不看呢！

虽然这样想，陈芳的心还是酸酸的，如今人们见她就像是躲避瘟疫一样。她摸索出小挎包里的小镜子，在灯光下照自己，那张白晰俊美的脸让她感动……几滴泪水掉在镜面上，然后她用小手擦着，擦成了一片模糊……她曾面对检察官的问话，曾面对单位里同事的注视，但那些目光，绝对不是对她美貌的欣赏。

她走过一个夜市，还有零零星星没有散的摊点，她嗅到了一种熟悉的味道，她想买一点煮花生，她最爱吃煮花生了。看大门的老师傅以前经常给她送煮花生吃，现在她吃不到那个老师傅的花生了，想着，她伸在钱夹的手指又缩了回来，咽了一口苦涩的口水，依然默默地低头走路……

到家了。

她用钥匙轻轻地插入门锁，门却拉着她的手开了：妈妈！儿子的小脸在她面前一亮，母子俩的目光撞击成一朵灿烂的火花。

她说：这么晚了你还没睡呀？

我叠纸鹤了，儿子说：今天是什么日子？

陈芳想起今天是丈夫被提走的第一百天，儿子叠的是第一百个纸鹤。

屋子里面空荡荡的，灯光温柔地照着。

儿子拉着她的手，走进她的卧室，床柜上放着一丛鲜红的玫瑰。

今天是你的生日啊！儿子说：我一直在等你回来。

玫瑰花有些打蔫，但还散发着淡淡的香味儿。

此时正是午夜时分。陈芳捧起那玫瑰花，掩在她的脸庞上依偎着，抽泣起来……

心灵的伞

上班下班的路上，总会碰到许多面熟的陌生人。有一位三十来岁的女人很特别，她长得白晰、苗条，乌黑的披肩发随着沉稳的脚步和谐地悠荡。她来来往往总是步行，总是携一把花雨伞，大部分时间里没有雨，她把花伞轻倚在肩头遮太阳。

有一天下起了大雨，大雨中我又遇见了那个妇女，撑着那把花雨伞，伞下相拥而走着她和一个男人，那男人的腿有点儿瘸，每迈一步，身子都向外晃一下，两个人的身体，总露在雨伞的遮护外，所以，那把雨伞形同虚设，雨水淋湿了他们俩人的衣服，女人把伞推过去，想尽量遮盖住男人，那男的又把伞推过来，两个人就这样推过来推过去，在哗哗如注的大雨中，他们说是打着伞，和没有打伞差不多。

我断定他们是夫妻，而且是一对相敬如宾的夫妻。令人惊奇之处是这么漂亮的女人，怎么就找了个瘸腿的丈夫？看得出，她对他特别好。

我在雨中，慢悠悠地骑着车，和他们隔开一段距离，看着他们打一把雨伞，在风雨飘摇中让过来让过去的。

一个男人和一个女人，彼此这样善待，风雨同舟，也就算是情感的至高境界了吧。

他们拐弯儿向一片住宅区走去，渐渐消失在风雨迷蒙中……

之后，在许多上班下班固定的时刻，我仍碰到那个好看的女人，把雨伞轻倚在肩头遮阳，默默地在人行道上走着。我想，她大概不会骑车。

但是，我错了。又是一个雨天，天空淅淅沥沥飘撒着雨丝，我竟然看见那个女人骑着自行车在我的前面，车后载着一个十来岁的男孩儿，男孩儿细细的胳膊，撑开那把花伞，使劲儿地为她遮雨，自己却淋在外边。女人扭回头，有点着急地喊：“孩子，快打上伞，妈妈不打。”

那孩子很听话，把那把雨伞严严实实地遮在自己的头上，遮得心安理得的。

女人的连衣裙，被雨水紧紧地贴在身上，雨珠儿顺着她的发梢，一串儿一串儿流。从她的侧面，我看见她在甜蜜地笑着、笑着……

我突然想起，她和那个瘸腿的男人在雨中让伞的情形。相敬如宾，无非是为了一种自我心灵的完善，如果当时，她把雨伞多遮蔽住自己而淋了男人，心里会不舒服；如果，当真男人毫不推让淋了她，她同样心里会不舒服的。

夫妻，只能同撑一把雨伞，他们在风雨中寻找的是一种平衡感觉。

而大概只有母子这样一种关系，彼此才没有一点儿戒备、没有一点儿计较。

雨下得大了起来，年青的母亲淋在雨里、微笑在雨里；儿子把雨伞撑在自己的头上，平静地看着雨伞外面的世界……

后来偶然的机会，我知道那个女人的丈夫去世了，患得是骨癌。那个女人开始骑自行车上班下班了，身边也少了那把雨伞。也许她步行带雨伞的日子，是为了她的丈夫，是为了万一遇到雨天，避免淋了他。

谁知道呢？

但我相信，在下雨的日子，我还会看到花雨伞下这个好看的女人。

在生命的旅途，每个人都需要一把伞，一半遮护自己，一半遮护别人。

与人与己，做到无愧无疚，人们都需要这样一把心灵的伞。

日元厉害

蒙梦说：你不去首都机场接中村先生谁去？就你懂日语。田甜说：谁爱去谁去，我不去，我看着他别扭。蒙梦想起了中村曾向她告田甜的状，你们那个女孩儿，不懂礼貌。她想，怎么搞的，我们这个女孩儿平时很讲礼貌的啊！因此蒙梦不理解中村，也不理解田甜了，中村很随和，别扭在哪儿啊？于是蒙梦说田甜，是中村对你图谋不诡了？田甜说没有。田甜说我就不能看他那张嘴巴。蒙梦说他的嘴巴怎么啦？田舔笑笑，没再说明原因，怎么说呢，中村的嘴巴怎么看怎么像原来追求她的那个男孩子。她看到那个男孩子的嘴巴就犯堵，因此看到中村心里也犯堵。

蒙梦说：你去首都机场接一趟吧，我奖你日元。说着就把几张日元拍在田甜的手掌里。田甜无奈地笑笑，说行，算是你厉害还不行吗！蒙梦想，不是我厉害，是日元厉害。要不是日元厉害，她千里迢迢到这个荒凉的地方干嘛呀！风一刮像剔骨头扒肉的刀子，夜晚还有狼，嗷嗷叫得人身上的汗毛都竖了，这不都是为赚小鬼子的钱吗？轰隆隆放一炮，就赚鬼子十万日元，计划中三百炮放了一半了，工程下来，那是多少钱哪！可眼下中村没在就不能签字鉴定，他不签字就不能放炮，不能放炮就挣不了日元，可蒙梦也没让工人们闲着，先让他们在山上钻炮眼儿。

眼下这个和日本合作的项目是互惠互利的，日方图得是技术，是科研成果。中方是图找煤田，而且还图一笔一笔的日元划在了物测队的帐户上，中国人现在最喜欢最需要的就是钱！像田甜，看中村别扭，可看日元就不别扭了，这日元厉害，是真厉害！蒙梦想着想着就扑哧笑了。什么难办的事儿，给谁发了红包儿就不难办了，用南方佬儿的话——搞定！日元搞定。派工人们上山钻炮眼儿时谁都不情愿，可一发红包就抢着去干了。蒙梦花的是从银行里取出的日本人的钱，宰日本人，哄中国人，钱真是好东西，真是搞定人的一种好方法，但却不是惟一的方法，蒙梦很注意塑造自己的形象，让工人们感到蒙梦是一个与他们同甘共苦的蒙梦，所以白天她在山上转几圈儿，当领导的能在劳动工地转几圈儿也就不错了，转圈儿并不是十分费劲的事情，只当是开开心散散步，回到办公室就一个电话一个电话接着打：大强啊，还能钻几个炮眼儿？能钻几个就钻几个吧，哎呦呦！这里的文件可快把我累死了，我等你们安全地回来，听见了没有，要听话啊……

实际上蒙梦是躺在床上给他们打电话，眯缝着眼睛说话。什么叫能耐？运筹帷幄、四量拨千斤是能耐，动动嘴皮子能办了大事是能耐。一个当领导的，脚踏实地，就是累死了可没有办成事，那叫有能耐吗？她蒙梦是一个有能耐的女子。她想，田甜这时候已经在通向北京的路上了，往返北京来回要折腾两千里，只要中村一来，就等于日元来了，一炮就是十万日元啊！蒙梦想着就笑了，笑着就睡了……

楼道里面开始有嘈杂的脚步声和说话声，是加夜班的工人们回来了，有人说：咱队长还没有睡，又有人说队长不是经常这样吗？咱们啥时候回来她的灯啥时候亮着。

蒙梦外间的灯确实还亮着，外间的房门也半开半掩着，套间里面的蒙梦队长还在熬着夜，工人们都这样认为，他们的队长确实是不错！

睡在里间的她在朦胧中露出狡猾地一笑……喂！别忘了煮点儿方便面才睡！蒙梦在里间大声说。

外面说：我不吃方便面，我和你吃日本餐。说话的是女声，是田甜回来了，一边说一边就走了进来，田甜说：别人不知道你在睡大觉，可我知道。说着就把一大盒日本餐放在了蒙梦的床头柜上。她的脸色笑得很灿烂。

蒙梦问：中村先生在哪儿？田甜说中村先生还在北京，没有来。

蒙梦呼地一下坐了起来，眼睛瞪得很大。田甜说你别急，中村先生在北京和别人谈项目，说这里的事情不急，等开了春再签字也不晚。中村先生还要雇佣我在他那里干翻译，一个月一百万日元呢！

蒙梦说：这小鬼子真孬，我现在就去北京找这个小鬼子，边说边穿衣服，一只手提着鞋一只手拨电话：喂，是小刘师傅吗？你现在就跟我去一趟北京，听见了没有，马上！放下电话她就向田甜说：你走不了，

他给你一百万，我给你一百二十万。

田甜哈哈地大笑了起来，一边笑一边佩服蒙梦的反应敏捷和做事果断，她说，看你还能睡着睡不着？看是你厉害还是钱厉害？

田甜笑够了才说：中村先生来了，就住在这里的宾馆。

蒙梦长长地叹了口气，一下子平卧在床上，看着天花板好象在自言自语：田甜，你比我厉害，你厉害，差一点吓着我呀！

田甜说：还是日元厉害。

屋子里两个女人笑了起来，笑得工友门都来到她们的门口。蒙梦拽了一下田甜的衣服角，笑声戛然而止。蒙梦故意大声地说：田甜，你连明扯夜去北京请日本专家，也不图个报酬，算是为咱们物测队的奉献吧。

边说，边把一叠钞票塞进了田甜的衣服袋里。

窗外菊

子楼想，这顿饭，会不会是夏雨摆得鸿门宴？

两年前，夏雨和车间龙主任结下了疙瘩，因为差点儿发生的那场火灾。车间里的人们干着急叫喊着，没水，没灭火的工具，一个个急红了眼，年青的小伙子夏雨扑到燃着的包装袋上打滚儿，才扑灭了这场火，龙主任急火火奔进来："是哪个胆大包天的，在车间里抽烟？"

夏雨说："是我，憋不住啦。"他的目光同惶惶然的子楼碰到一起，眨巴了两下眼神，抹着灰兮兮的脸呵呵地笑了。

夏雨挨了龙主任的一顿臭骂。之后，墙上贴出了下岗的名单，头一个名字就是夏雨。夏雨一边收拾工具，一边冲车间龙主任吼："你不要老子，老子还不伺候呢！"

子楼想着往事，真真地弄不明白，今儿夏雨为啥宴请龙主任和他呀？

夏雨捅捅子楼的衣袖儿："你愣啥神儿哩，来，喝酒。"

子楼接着想，这恐怕是摆龙主任的难堪吧，现在，整个车间，不，是整个工厂因亏损宣告了破产，龙主任和子楼都下岗了，一个布衫轮着穿，这下，让夏雨解恨。

酒杯丁当当的碰响，三个人彼此都没话。子楼知道，龙主任是不胜酒力的，脸上一阵白一阵红，舌头也硬了："夏雨，你得感谢我哩，要不是两年前，我提议你下岗，你、你今天能、能成一个集团公司的大老板？"

子楼赶忙从中调合："过去的事儿不提、不提，来喝酒。"

酒杯被夏雨的手按住："干嘛不提，龙主任说到了点儿上，就因为这个，我才请你，请二位。"夏雨说的情真意切的，看上去完全没有挖苦龙主任的意思。

可龙主任敏感："用不着看我老龙的笑话，我老龙想得开，这世事都白云苍狗，都此一时彼一时。"说着说着哼起了悲怆的小曲，边哼边抹鼻涕抹眼泪儿。

子楼说："龙主任醉了，歇歇去吧。"

龙主任把眼睛瞪得溜圆："我是歇了，我歇了你子楼也肿了下眼皮？"

夏雨说："龙主任没醉，龙主任海量，来喝酒！"

他俩杯对杯碗碰碗的，都喝得尽兴，龙主任喝着酒挑起大嗓门儿："有烟抽没有？"

夏雨拍拍前额："看我看我，自个儿不抽就忘了。"他取出一盒特制"玉溪"，递给他。龙主任抽着，咳嗽着，他原本是不会抽烟的。

原本抽烟的夏雨如今却不抽了。子楼又想起往事，全都因为抽烟引起的这恩怨。

夏雨刚下岗时，天天在街巷边摆地摊儿，风里雨里的，不容易。子楼每次从他旁边走过，心里都酸酸的："回家吧，看太阳都落了。"子楼说。

夏雨没动，只冲子楼摇摇头。北风呼呼地刮着，把夏雨罩盖在一团尘土浪烟中。

子楼说："要不，这摊子上的东西我全买下了。"

"你滚！"夏雨突然愤怒了起来："你算老几，我用不着你可怜我。"

没想到，夏雨转眼间折腾成了一个集团公司的大老板！

想到这里，子楼把酒杯里的酒全倾在一个茶碗里，端起来："这杯酒，我是敬你夏雨老弟的，你活得像个男人。"说着，咕咚咕咚地喝了，胃里顿时烧起了一团火焰。

夏雨也醉了。喝醉了就吐真言："龙主任，我今儿请你来，是求你事儿的。"

龙主任使劲儿睁睁醉眼："啥事儿求我？我一个破落没用的人。"

夏雨说："我想请龙主任做我化妆品分公司的总经理，就怕这庙小容不下大神灵。"夏雨说如果行，月薪三千元。

龙主任刚喝下的酒一下子呛出来，剧烈地咳嗽。

夏雨望望愣了神儿的子楼："子楼老哥，你也在分公司里做点儿事，月工资龙主任看着办。"

饭桌上一下子静下来，只浓烈着酒香……

突然，龙主任呜呜地哭了："夏雨啊夏雨，你，你为什么还待我这样好呢……"

夏雨也想不明白。他只知道下岗后的难处，毕竟在一起，都哥儿们一场过。

不抽烟的龙主任一根接一根地抽烟，吐着一缕一缕的烟雾，也吐着烟雾般朦胧的音节："我把你辞了，是因为你抽烟烧着了……"他无休无止地说着、说着……

子楼终于坐不住了。他想说话，涌到嗓子口又咽下了。是龙主任不知道，车间里引起火苗，抽烟的不是夏雨，而是他子楼呀！只是夏雨不让他说明事实真相。当时夏雨狠狠叮嘱过他一句话："你别承认，你家里还要养老爹老娘，你老婆也下了岗，你不能再下！"

子楼想着往事，像喝了一杯陈酿，走到窗前，"啪"地推开窗户：一阵爽风携着清香涌面而入，窗外正开着两棵菊花，一棵红的，一棵白的……

跛子鞋匠

我单位的大门口旁边，有两个修鞋的人，一个身材健壮，五官端庄。另一个是跛子，相貌丑陋，且身材短矮。两个人的生意截然不同，前者的摊子前常围满了人，等待着修鞋。而后者的摊子却冷冷清清。有一天，我的鞋需要修理，走近这两个修鞋的人，我考虑应该让谁来修呢。

这确实是一个问题。

是跛子的技术不好吗？细瞅了瞅跛子手头儿的零活儿，他的手头儿还挺麻利。我决定让他修的时候，才找到了刚才问题的答案，我感到了一种不舒服的感觉，龌龊。假如穿上这双鞋，就像跛子的影子、气味儿贴到了身上一样。

大概，这便是人们不愿意让跛子修鞋的根由。

看来，做生意和人的长相、气质联系在一起，这是一个很正常的现象。比方，学校招生、部队招兵、企业招聘雇员等等，都要面试，都要看看身材长相。所以，在这偌大的世界里，像跛子鞋匠这样的人，其生存空间相对就狭窄，他们生活得确实不容易。

我问他："你干这活有几年了？"

"十二年。"他没抬头，手里的大针锥使劲穿刺着鞋底，粗壮的、黑糊糊的手指头，像一把坚硬的钢钳。

我又问："这十二年修了多少鞋？"

"那谁能记得。"他用一枚钢针穿缝着鞋子，翻着手腕使劲儿地拽紧，然后再穿缝、再拽紧，循环往复。

我想，他就是每天坐在这么一个固定的地方，就这么每天缝鞋、钉鞋、循环往复着几个固定的动作，他的人不就是在这么一种循环往复中过来的么，特别简单，又特别不容易。

天干冷，没有一点儿风，就像冻在透明的冰块里的那种感觉。跛子用黑兮兮的围裙擦试了一下湿漉漉的鼻子，我有些同情他，说："干啥差事都不容易。"

"可不，干这活儿，啥情况都会遇到。"他的话多起来："干这活低下，可还有点用。比方有的女的，走着走着鞋后跟掉了，就给她钉钉，她就能走了。"

我注意到他的脚上，穿着一双半旧的棉布鞋，没有修钉的痕迹。也许，他的鞋用不着修理，他用不着走多少路，他只需每天这样安分地坐着工作。他坐着，是为了别人走着。

这个时候，一辆摩托车"突突突突"停下来，是一个健壮的小伙子，他也斜了跛子一眼，又看看旁边人们拥着的那个钉鞋的，然后"啪嗒"一声把一双布鞋和一块木板扔在跛子鞋匠面前："喂，这双鞋钉木板底儿，能不能？"

"钉木板儿？"跛子仰起头问："你说鞋上钉木板？"

"是，你说钉不钉吧？"小伙子气粗粗的。

"钉、钉啊，"跛子笑着取过那双鞋和那块木板："鞋底儿下钉木板？"他像是自己琢磨，又像是在对我说，鞋底儿上钉木板干什么呢？

我也是莫名其妙。

跛子一边翻弄那双鞋一边说："看看，什么事儿都有哇。"

"有什么大惊小怪？我老爸腿脚不得劲儿，医生叫这样儿。"小伙子有些急："能不能快点儿，我急走。"

"马上马上。"跛子加快了缝我的那双鞋的速度。

等我把修好的鞋穿在脚上的时候，跛子已经开始钉那双木板鞋了。我给钱算帐，跛子只收我一块钱，比旁边那个鞋匠少了一半。

尽管如此，那边鞋匠的生意仍然红火。

这个跛子，开始用锯子吃力地锯木板，精心做着他眼前唯一的活计。

兴许，这是跛子鞋匠与同行的一种竞争，用少收的那部分钱，去弥补他身体的缺陷。

我静静坐在马扎上，看跛子钉木板底儿鞋，直到他钉完。小伙子问多少钱？跛子犹豫了一下说："咋说价呢？头一回干这活儿，也收一块吧。"

一块钱从小伙子的手里，飘到跛子鞋匠的脚下。摩托车“突突突突”开走了，留下一层弥漫的土尘，飘荡在跛子的头上和身上……

我回办公室的路上，边走边试着钉好的鞋，那鞋很舒适，同时也重了许多。

每天上班下班，我都不由看看那两个修鞋的人，身体健壮、五官端庄的那一个，生意总是红红火火。跛子呢，大都孤独地、静静地坐在那里，目视着路上人来人往。

天很冷。

名字像糖一样

文玉立教高三的数学课，她的美丽常常分散了同学们的注意力。她白皙面颊上的大眼睛，朦胧如诗，清亮如水，讲课的声音温柔如春风徐徐，加上她爱穿青春牛仔装，给人的感觉很靓。

她喜欢用启发式和讨论式教学，爱提问学生，提问到谁，谁就觉得很荣耀，尽管常常被她提问得张口结舌。

“刘畅！”文玉立总爱提问一个叫刘畅的男孩儿。他和刘畅进行讨论式的对话，显得很耐心，很亲热。提问刘畅的次数多了，就渐渐地让其他同学有些不满和嫉妒。

她偏爱刘畅！

做作业的时候，她总是在刘畅的课桌旁伫立，静静地看着他写字，看他思考问题，看得刘畅也很不好意思，抬起头，和文老师的目光撞在一起，于是她便嫣然一笑，显得更美丽动人。

操闲心的同学开始挤眉弄眼，开始产生想法：不正经！

“刘畅！”文玉立又在叫刘畅的名字。

所有的目光都集中在刘畅的身上，像一束毛扎扎的刺儿。刘畅正趴在桌子上打瞌睡。“刘畅！”他又在叫刘畅的名字，没有因为刘畅打瞌睡而着急，声音依然很温柔。

睡眼惺忪的刘畅抬起头，他回答不上来文老师提出的问题。

老师耐心地给他讲解着……

同学们交头接耳地议论着……

她依然耐心地温柔地讲解着……

之后，每当叫起刘畅的名字，教室里就轰然大笑，笑得刘畅丈二和尚摸不着头脑。

学校里开始传播出桃色新闻，老师和刘畅搞对象了！教室里还有了文玉立和刘畅的漫画……

文玉立好像并没有在意，好像什么事情也没有发生过。“刘畅！”她又在提问心神不安的刘畅了。刘畅站起来有些急：“别叫了，我不叫刘畅，我叫无名氏。”

满堂轰然大笑。

她依然很镇静地说：“为什么不叫刘畅了？刘畅这个名字，不是很流畅很好听吗？”

教室里竟然有了嘘声。文玉立并没有指责谁，依然耐心地提问刘畅问题。刘畅答不上来或者是抵制性的回答，她却认真地给他讲解着……

突然有一天，数学课换了一位很严厉的男老师。他的长相、他的讲课态度、讲课质量，让大家开始想起了文玉立。课下，一位大胆的学生问他：“文老师干什么去了？”

男老师说：“结婚。”

大家茫然了，茫然地看着情绪低落的刘畅。“刘畅，她把你给要了！”男同学说。

几天后，文老师回来了，显得更加妩媚动人，当新娘的女人总是妩媚动人的。她说：“同学们，我今天请你们吃喜糖。”说着一把一把地把喜糖分给大家吃。

在她的身后，站着一个西装革履的潇洒男人。她说：“这是我爱人，刘畅！”

她说刘畅这个名字的时候，说得很响亮，很多情。

伤 口

亮子走进厂门口，正好撞见了厂长。厂长拉长了脸说："瞧你这副样子，喝酒了？"

亮子说："是，喝酒了。"

厂长说："你看看，现在几点了？

亮子使劲捋捋衣袖，朦胧着眼睛，凑在手腕前看手表。旁边凑上了几个人，厂长愤愤地对其中一个人说："老盖，我扣你车间的考评分儿，你的人是怎么管的？"

老盖是车间主任，他生气的训斥亮子："你给我写检查。"

亮子摇摇晃晃地向车间走去，边走边嘟囔："写，写就写，有什么了不起！老子枪林弹雨都见过。"

大伙问："亮子，在哪里灌迷魂汤了？"

亮子想了想，得意地笑："我在，在市委黄、黄书记家喝、喝酒了。"

大家哈哈大笑。有人揪着亮子的耳朵："亮子呀亮子，吹牛皮不上税，吹吧。"

大家都知道亮子好吹，都寻他开心。

亮子摇摇晃晃的，开始从车间里往外面搬纸箱，他每天的工作，就是把做好的纸箱，从车间里搬到外面的太阳下晒干，然后再从外面搬回仓库里，日复一日，年复一年，亮子在这个纸箱厂已经干了十几年。他一边搬着纸箱一边说：让老子检查，就检查，老子没有功劳也有苦劳，老子打仗那、那会儿，炸开了肚子，拖着肠、肠子还冲锋呢。"

大家又哈哈地笑了。亮子好表白自己，好表白拖着肠子冲锋的故事，谁相信他呢，谁相信拖着肠子冲锋的英雄，会落破到这个集体的小纸箱厂当个小小的工人呢。有人曾要拉开他的裤带看他的伤口，亮子使劲儿

捂着肚子说："看什么看？现在的年代，伤口又不是什么光荣花！"

有人说："亮子，有奖章吗？拿出来咱瞧瞧。"

亮子说没有，发奖记功的时候给漏了。

这时，有人问他："亮子，市委书记让你喝的什么酒呀？"

亮子的脸通红通红，眼睛通红通红，泛着光彩："茅台，茅台你们喝过吗？我、我们哥俩的情谊、甭提。和越南打仗时，老黄挂了彩。我背他撤、撤退的。"

车间里哄然大笑，笑亮子越说越不着边际。"没有让市委书记提拔提拔你？"人们问他，逗他。

亮子说："说了，说我要不要调一工、工作。我说不，不要，咱哪能那样，咱是工人阶级。越是这样就，就越要保、保持本色。"

亮子的屁股上重重的挨了一脚："别他妈的吹了，打肿脸充胖子。"亮子一个趔趄倒在地上，爬起来的时候，脸上栽了一层黑黑的泥土。这时车间主任气势汹汹地站在他面前："都因为你，要扣车间里的出勤分儿，老子端掉你的饭碗！"

亮子的饭碗果然给端了。没过多久，厂里开大会，裁员下岗的名单里，有亮子的名字。会场里哄哄嚷嚷的。亮子的眼里滚泪，对旁边的工友说："没，没啥，山不转水转，尿憋不死活人。"

大会散了，亮子的精神劲也散了，他回到他的工作多年的车间，和工友们告别。有人和他开玩笑，拍拍他的肩膀："拖肠子冲锋的大英雄，那块伤疤，怕是没有了吧？"

亮子的脸憋得红红的，两只眼睛瞪得很圆。他突然扯开腰带，露出了肚子上一块青紫的伤疤："看看就看看，看吧！"

亮子真有那块伤疤！所有的眼睛都瞪得很圆，目光聚集在那块伤疤上。

这时，有人走进来让亮子到厂长那里去一下。亮子来到厂长办公室，厂长说："坐，快坐下。"边说边给他倒茶，"亮子，刚才市委黄书记给办公室打电话，让你中午到黄书记家吃饭。你下岗的事儿，我和班子再研究一下。"

亮子腾的一下站起来："别别别别，定了的事儿，别改，会影响别人。"

厂长说："这件事是有些草率，这样吧，用我的车，送你到黄书记家吧。"

亮子说："我不去了，我没吃饭的心情了，我要回家。"

说完，亮子垂着头向外面走去。走了好远，他扭回头说："你放心厂长，咱是条汉子，有力气不怕找不到活干，在哪里都不会给你丢脸，你放心。"

血 梅

罗歌住在一个山清水秀的村镇里，他是个性格古怪的画家，不，他还称不上画家，尽管他画了几十年的画，尽管他的画层层叠叠摞起来占据了这斗室的多半个空间，但画界谁也没有承认过他的画，因为他的画从来不发表，也从来不参加画展，更主要的是他画的画像他的人，也古里古怪的，归不到哪门哪派。罗歌是无师自通。

他不在乎别人承认不承认，这对他不重要，重要的是他能把脑子里的图画涂抹在画纸上，这就够了。已近知天命之年了，他既没成家也没立业。

他曾经有过一个新婚佳丽，入洞房的那天晚上，新娘脱去婚妆，裸体躺在床上，缠缠绵绵地唤他："歌，天晚了，睡吧。"

罗歌的目光正放射着异样的光彩，他被这绝妙的美惊呆了！

他铺开画板，开始画床上的美人儿，专注地画了多半夜。

新娘的心里不是滋味，渐渐地睡着了。

他把这幅作品命名为《睡美人》。

他捧着那画，坐着，欣赏到天亮。他对醒来的新娘说："你看看，这画好不好？"

新娘说："这画是不错，可你的眼里，只有画，没有新娘。"

罗歌的目光，全迷恋在他的作画中，之后不久，新娘离开了他。据说她去了北京。

罗歌把《睡美人》镶在一个画框里，挂在墙上。每天晚上他都默默地在那幅画前欣赏一阵子。这时候，他有些累，他刚和嗡嗡嘤嘤的蚊子进行了一场大战。

他是个怪人，屋里喷不得驱蚊剂，他闻不得那种被毒化了的空气，也挂不得蚊帐，那样他有一种窒息的感觉。他与自然的气息须臾不可分离。

罗歌在和蚊子大战的极度劳累之后睡着了。半夜的时候，他又在一阵的疼痒中醒来。他的身上，密密麻麻叮满了蚊子。

他噼噼啪啪地拍击着，蚊子们笨重的飞舞起来，纷纷落在靠床的墙壁上。罗歌的手掌在墙上拍打，墙上显现出斑斑血迹，那是他和蚊子作战日积月累的纪念。

画框里的那幅裸体美人儿画，凝视着他，像嘲笑他的狼狈。索性，罗歌又铺起画纸作起画来。他把白日看到的美丽山水涂抹在画纸上。他画的溪水，不像溪水，像一条胳臂，搂抱着那山。他画的白云，不像白云，像一张胖胖的娃娃脸，笑吟吟的吻着那梁。罗歌是个怪人，他画的画，都是怪画。

窗外，流入一缕一缕晨曦，渐渐把屋里染得亮白。他站起身，伸展了一下酸溜溜的腰身，然后，走到屋外散步。

天空轰轰隆响起了闷雷，震动的大地簌簌发颤。东方是红艳艳的太阳，照耀着西天上黑压压的云彩，那浓烈的黑云迅速的蔓延，吞嚼着蓝色的天空，乌云像一堵顶着天空的高墙，向这边坍塌倾倒过来。天空和大地，在黑暗中充斥满一种清凉的刷刷的奇响。

家家户户关门闭窗，躲避着一场暴风雨的降临。

罗歌要画一幅画，他这幅画的名字叫《墙》，那涌动着滚滚而来的乌云黑墙似的向这边倾倒，即刻就要把他压埋在下面，罗歌的笔捕捉了这一奇观。

“画得真好!”他的身后琴弦似的声音说。

他扭过头，后面站着一个亭亭玉立的女孩儿，冲他笑。

雨点噼噼啪啪砸下来。罗歌用身体护住他的画，走进屋里。那女孩儿被倾过来的云墙和哗哗的雨声掩埋在一片黑暗里。

罗歌望着外面的黑暗，用记忆捕捉着女孩的印象：这女孩哪儿冒出来的？他想。

大雨下了三天三夜，停歇下来。罗歌的屋前是一个池塘，池塘里呱噪着一片蛙声。夜里的蚊子更多了，这些欢快的、凶悍的他全然不觉。他的画做完了，蚊子们也吃饱了，懒懒的爬在墙上休息。他的手掌在墙

上拍打出一片片的血迹。他凝望着白墙红血，久久的凝望着，之后，他取出画笔静心屏气，在墙上勾画几笔，他的笔下奇妙地绽开了几枝艳丽的梅花，一朵儿一朵儿，姿态娇艳。他为这幅即兴之作起了个名儿叫《血梅》。这是用他的血绘成的梅花，他看着这幅画很得意。

“嘭嘭嘭！”有人敲门。

是谁？都这么晚了。罗歌犹豫着去开门，他这里是很少光顾过客人的。

进门的正是那天遇到的女孩儿。灯光下，她的脸放射着青春的光彩。

“我想看看你的画，行吗？”她说

她的目光在屋里捕捉着，停落在墙上，眼睛骤然放射出异彩：“呀！多好看的梅花！《血梅》，怎么你这画叫《血梅》？”

“这名儿好听吗？”他问。

“名儿好听，画也好看。”她纤细的手指，轻轻的在墙上抚摸。“我叫雪梅，我是从中央美院来写生实习的。你的画和我的名儿怎么谐音呀？”

“完全是巧合。”他说。

女孩的目光落在墙上的那幅《睡美人》上，她显得激动，她说画上的人像她妈妈。她还告诉他妈妈的名字，告诉他她现在就和妈妈两个人生活。女孩说屋里的人，屋里的画，都让她着迷，她恳求他教她作画。

“我从来不教什么人。”他端详着她，突然变得冷漠，他说他要睡觉，请女孩离开。

那一夜，罗歌懒懒地躺在床上，任凭蚊子在身上吸吮，一动不动地躺着。

一个月之后，北京来了几位画界的权威，对罗歌的画大加称赞。从此，罗歌的名字、罗歌的绘画对美术界产生了很大的影响，他一举成为画界怪才。那个曾与他相遇的女孩领着她的妈妈，也是《睡美人》的原型模特儿，出高价来买他的作品。罗歌笑着说：“艺术和钱有什么相干，它不在钱之上，也不在钱之下，它在钱之外。这样吧，送你们了，也算你们与我曾经有缘。”

后来，在中国美协领导的周旋下，罗歌和《睡美人》中的她——他曾经的新娘，终成眷属。这个时候，罗歌居住的地方，正逢拆迁，他搬到了北京。这之前，女孩和她的妈妈，让人帮忙把画着《血梅》的那快

墙，经固定搬运到了北京的家，就放在她们和罗歌共同居住的房子里。

罗歌仍旧每晚画画，每晚都睡得很晚，他躺在床上又迟迟睡不着。

他和她看着放在屋里的画着《血梅》的那快墙，罗歌说："没有了蚊子咬，身上不痒痒了，可心里边痒痒。住在都市里，画不好画儿了。"他说想给她商量个事儿，他想搬到乡下去定居，那里有好山水、好人情。

她说："行，这次听你的，我随你去。"

咔嚓！灯灭了，他们和那幅《血梅》画，一起融合在温馨的黑暗中。

冼先生

老伴一大早就起了床，在厨房里滋滋啦啦地烹饪，之后喊冼先生说：起床吧，我给你热了碗牛奶，炸了两个荷包蛋。

冼先生坐起身，从枕边摸到近视镜戴上，有些着急：我说你是不是糊涂了，献血不让吃饭，知道吗？

老伴说：我听说，吃点儿牛奶什么的能稀释血液，你的身体那么弱。

这个时候，冼先生已穿好了衣服，走到老伴身边，指着她的鼻子说：你这是教唆我弄虚作假啊，吃过饭抽的血，让人用了亏心不亏心？

老伴被他说得有些惶惶然，低着头摆弄着奶锅，不说话了。她比冼先生大六岁，早年的时候家里穷，做了冼家的童养媳，那时候她经常用绳子栓个小板凳，哄着他当马骑。直伺候的他上了大学。这大半辈子，她倒像是冼先生的母亲。

冼先生身材瘦瘦的，看上去不老。按单位的规定，满五十五岁就不再献血了。但分到他部门一个献血的指标，那天他念了献血的文件，年青人都没有吭声。冼先生说：那我就献吧。他想，自己是头儿，自己不带头儿谁带？然后他就去办公室报名。办公室主任说：你那里好几个年青人怎么不献，你不是到五十五岁了吗？

冼先生近视镜片后的两只眼瞪得很大：不对，你查查表：我还不到呢，十二月生，还差三个月才够五十五。

弄得办公室主任无奈地笑了。

经检查他的身体都合格。他回去说了这件事，老伴一夜没合眼，有些心疼。

冼先生洗漱完毕，匆匆地走了，他要赶单位的面包车到血站。老伴望着他匆匆骑车而去的身影，叹了口气。

血站里拥挤着献血的人们，冼先生看见市里的领导也都来献血了，心里受鼓舞，他为自己能尽这份公民义务而高兴。

玻璃窗的这面，静静地坐着捋着胳膊抽血的人，里面悬挂着一排红艳艳的血浆包。冼先生心里有些慌，他平生甭说抽这么多血，就连掉针也没有打过。

这时有一个献血者喊头晕，医务人员走过来料理。冼先生心里更慌了。

医生在叫他的名字。

他在指定的位置上坐下来，捋起胳膊，凉凉的酒精棉球擦过后，针头插进他的血管，像是蚂蚁咬了一下。他看见殷红的血液，顺着胶管流进血浆包里，心有点儿哆嗦，索性不再看，眼睛盯着旁边的墙壁，一副视死如归的样子。

他的心情渐渐平静下来，献血并不像他想象的痛苦，只是头部，有一点恍恍惚惚的感觉。

给他抽血的是一个年青的小伙子，逗着他说：呵，老同志身体真棒，多抽点儿没啥。

冼先生听着不舒服。这叫什么话，多抽点没啥？这不是白开水，这是血，仅次于生命！

他的老伴不知什么时候也来到了这里，问他行不行。冼先生瞪了她一眼，没说话。他觉得有些发晕，身子有一些晃，老伴上来扶他，他推开她轻声说：“你回去吧，叫人看了笑话。”

他的目光，移向玻璃后面的血浆包，愣了神儿。他不相信自己的眼睛，摘下近视镜擦了擦，再戴上细看，然后冲里面看书的年青医生吼了一声：你、你怎么抽我、抽我两袋血呀！

把小伙子吓了一跳。

他看看冼先生的表情，哈哈地笑起来，笑得开心而诡秘。

冼先生眼前一黑，趴在了桌案上，昏迷了过去。

等他醒来的时候，老伴儿正扶着他抹眼泪，“我叫你别抽，你非逞强，你看看你的身体弄成了这样！”

他说：谁逞强了，是他们抽了我两袋血。

旁边的人都笑了。告诉他，是他的眼睛看花了，一袋血还没抽完呢。

冼先生有些不好意思：是吗？你看我你看我……

这时他的头晕得厉害，打着哆嗦，他觉得身上很冷。

回到家里，老伴为他做了一顿丰盛的午餐，嘱咐他多吃点儿，好好养养。他边吃边想着心事，把筷子咬在了嘴里，硌得他哎呀了一声，久久地捂着腮帮子……

第二天，冼先生骑自行车，独自来到了血站，找到那里的负责人，有些羞涩地说：我想，昨天抽我的那多半袋血，病人怎么用啊，你们再抽我一点儿，凑够一袋，行吗？

他边说边捋起了衣袖……

布娃娃

退休还乡这几年，到秦老太太家串门儿，成了陈心老人的一个习惯。他拉起小孙子的手说："走，跟爷爷到你秦奶奶家去玩儿。"

小儿媳妇说："爹，这天儿冷，在家暖和暖和吧。那秦大娘疯疯傻傻的，看把孩子吓着。"

陈心老人没有理会她，拉着小孙子走出门。

外面正刮着大风。儿媳妇追上他们，为她的孩子裹了件棉斗篷。看着爷孙儿俩走进了胡同里边的一个大门儿，她心里不痛快，回到屋里。

"你劝劝爹吧，"她对男人说："爹天天到那个疯疯傻傻的孤老太婆家，别人都有闲话了。"

男人瞪了她一眼："闭嘴，你胡吣个啥！"

陈心和孙子回来的时候，天已经晚了，屋子里亮了灯。陈心看小两口的脸，都阴阴的，他没有在乎，他的心情很不错，边吃饭边看电视里的京剧，很高兴。

儿媳妇给孩子喂饭，孩子执拗地不吃。陈心老人说："别喂了，孩子在你秦大娘家吃了。"

小两口的目光，撞在了一起，然后都低下头，不说话了。

陈心老人是过来人，瞅瞅这个，又瞅瞅那个，然后笑着说电视里的京戏："看看，唱的多好啊。媳妇儿，你安上咱们的VCD，你唱阿庆嫂，我唱胡传奎，你，"他指着小儿子："唱刁德一。"

两口子都没有动声色。陈心老人叹了口气说："过去，那叫什么日子啊，脑袋瓜子在脖子上悬着，保不定啥时候，嘣得一下就掉地下了。现在还有啥不舒心的呀？"然后絮絮叨叨说起了过去打仗的事情。

见儿子儿媳都没有心思听，他也就不说了，只有电视里的胡传奎的

粗嗓门儿在吼着："她那里提壶续水面不改色无事一样，哄走了东洋兵我才出躲过大难一场……"电视里的京剧唱完了，陈心老人问儿媳妇："你给我找一点碱面儿，我给你秦大娘送去，她等着蒸馒头。"

儿媳妇把一包碱面递给他，他拉过孙子说："走，咱还去找你秦奶奶。"

刚走到门口，儿子大声地说："爹，你安生点儿吧！"吓得老人一哆嗦。

他生气地瞪了儿子一眼，抱起了孙子。

儿媳妇说："爹，你要去就去吧，就别叫孩子去了。"

老人说："我管不了你们，还管不了我孙子？"孩子贴在爷爷的怀里嚷着："出去、要出去……"

爷儿俩出去了。老人没听清儿媳妇嘟囔一句什么话，他和孙子走到巷子的时候，听见家里叮叮当当家具响，叹了口气："唉！这都吃饱了撑的啊！"。

爷孙俩回来的时候，屋里面家什东倒西歪的，儿媳妇慌忙在脸上抹了一把，扭过头去。

孩子扑过去叫着娘，撒娇。她回过头笑了一下，又骤然怒了起来，瞪着孩子的脸："是谁把你弄成了这副鬼脸儿，难看死了。"她边说边用袖子在孩子的脸上擦着，她对老人说："你以后就别让孩子到秦大娘家去了。"

陈心说："你大娘给孩子抹了点儿红胭脂，我看挺好看。你大娘也就是喜欢这孩子，你们这是给谁摆难看？你们看不惯我，我离你们远远的。"说着就搬起了被褥，他说要到大儿子家里住。

儿子劝不住他，扑通一声跪下了。

老人转回头，回到自己的屋里，"咔吧！"拉灭了灯。

从此，陈心老人到秦老太太家串门儿，不再领他的小孙子了。

儿子说："爹，你就不会到别处转转？"

陈心老人骑着自行车，慢悠悠的，到城里去了。回来时老人买了一个大布洋娃娃，孙子要过来抱在怀里，高兴的不得了。

当天晚上，孙子哭了，哭着找那个布娃娃。陈心哄着孩子说："好孙子，爷爷再给你买一个大的。那个洋娃娃给了你秦奶奶了。"

旁边的儿子和儿媳，一下子都愣了，像看一个陌生人，看着陈心。这还是他们的爹吗？儿子实在憋不住了，轻声说："爹，你整天和秦大娘有什么可说的？"

"要说得话多了。"

"人家一个孤老太太，你整天和人家凑，好吗？"

"好。"

"你们都这么大岁数了，你还给人家买什么布娃娃！"儿子低下头嘟囔："我都觉得替你丢人败兴。"

陈心老人楞楞地、一动不动地坐在椅子上，像一尊雕塑，只有嘴巴轻轻地动着："我问你，没有你们，会不会有你们的孩子？"

"……"

"我再问你，没有你爹，会不会有你啊？"

"……"

突然，他呼地站了起来："你们是什么东西，良心都让狗吃了！你们当真以为你秦大娘没儿没女吗，她有！"

接着，他给他们讲了一个故事：一个负伤的解放军小战士掉了队，被国民党的兵追着。一间土房里走出一个抱孩子的女人，把他拉进了家里，关上门。她的丈夫在院里和大兵们周旋。这个时候她怀里的孩子要哭了。女人用手紧紧地捂住孩子的嘴，紧紧地捂着、捂着……

大兵们走了，也抓走了他丈夫的壮丁。

孩子不哭了，永远地不会哭了。

那个小战士得救了。

年青的女人孤独成了一个年老的女人，整天神经兮兮的，没有人理。

这个时候，陈心的儿子和儿媳，想起了爹给秦大娘买的那个布娃娃。

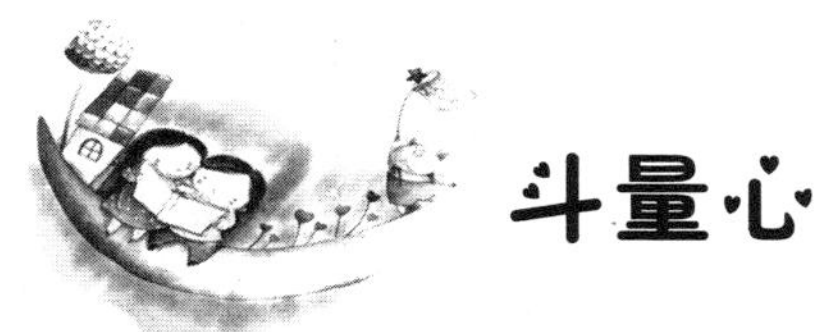

斗量心

他聋，听不见儿媳妇责怪他儿子的话，又是嘟囔又是白眼的，他冲儿媳妇吼了一嗓子，俺小子是咋惹着你了！

一下子挫了儿媳妇的锐气，噘着嘴，坐到一边不说话了。她知道公爹的脾气，护犊子。公爹小的时候有兄弟六个，他的爹不喜欢他，常常打他，把他从房顶一巴掌打到了地下，从此摔聋了，后来，他的几个兄弟饿死的病死的都死了，就剩下这个聋子，然后聋子就生了一根独苗儿子，他很溺爱，养成软弱的性格，怎么说都没有脾气。

儿子走到聋子爹的身边，把俩手卷成个喇叭喊着说，爹，你就别操心儿子啦。

聋子说，不行，咱又不是骡子不是马，愿咋吆喝就吆喝的。

儿媳妇凑到他的身边说，他当骡子当马还没人用呢，下岗了，在家吃饱了蹲着吧。

聋子的眼神儿向着儿媳妇，啥叫下岗？

儿媳妇说，就是没有了工作。

是犯了啥错误了？

儿子说没有。

聋子追问着是谁这样平白无辜的欺人？儿子向他解释了一大堆道理，他泥胎似的坐着。突然站起身，腾腾的往外走，儿子怎么喊他，他都没听见。

大街上车水马龙，聋子没看见似的，大车小辆都给他让路，儿子急了，说爹你想上哪儿咱就打个出租车去吧。

聋子只是大步腾腾地走着，走得一身大汗，来到一个工厂的门口。儿子想，坏了，谁知道爹的葫芦里卖什么药啊？他见他的爹推搡开阻拦

他的门卫，怒气冲冲地进去了。

聋子不懂城里的规矩，原本住在乡下挺好的，儿子非要把他接到城里住，来城里的头一天，他非要跟儿子一起到他工作的厂子里看看。儿子在一个冒着火焰的高炉子旁炼钢。看得聋子高兴，心里想，他的儿子真不简单啊，是一条好汉子！怎么突然就被人欺负了？

撵着他的门卫拉扯他阻止他进去。但是他只管问，谁是厂长？谁是厂长？

正好是厂长走过来，笑眯眯地问，你有什么事儿吗，老大爷？然后就把他领到一个办公室去了。让他喝茶，让他坐。

你就是厂长啊？聋子不坐，也不喝茶，瞪着眼说。是厂子里的人都不干了吗？厂长说不是，是一部分。聋子又提高了嗓门儿，那你凭什么不让俺儿子干了？

厂长给他解释，他听不见，厂长还不知道他是个聋子。聋子说，厂长，你还干着没有？厂长点点头。

聋子也点点头，哦，我懂了。他说厂长你能不能领我到你家里认认门儿？厂长说行，只要你老人家理解，你提什么我都愿意接受。聋子说走，这就去你们家吧。厂长无奈地苦笑，打了个电话，叫来了汽车，让聋子坐在里边。走在街上，聋子说，往俺儿子家拐一躺，拿点儿东西。

汽车拐到聋子儿子的门口，聋子说你们在这儿等等。他匆匆地下去，又匆匆的回来，手里拿了个方方的木制东西，厂长看得莫名其妙，说，大爷，你老人家拿这个斗干什么啊，都老辈子家具了。

聋子没说话，厂长有趣地要过他手里的斗，斗的每一面儿上，都写着两个歪歪扭扭的大字，聋子，聋子。厂长明白了，指着上面的字大声问，大爷，这是你的名字啊？

聋子点点头，聋子就是他的名儿，他不识字，他只会写这两个字，在乡下时，所有的家什都写上了聋子这俩字，是怕别人拿去给昧了，聋子说。说得厂长不可思议地摇摇头。

到了厂长的家里，聋子问他，厂长，你家的米面在哪儿？

厂长愣了，站着不知道该怎么样应对。

聋子就在屋里面找，然后从厂长的面袋里倒了一斗白米，说，俺儿子前边少挣的工资，就算抵了。

这时厂长的夫人怒气冲冲地走出来喊，这不是抢吗？犯抢了！聋子一瞪眼说，什么犯抢不犯抢。你男人不就抢了俺儿子的饭碗吗？厂长你说是不是？你也有儿子吧？厂子也像一个家，你是老子，工人是小子，揭不开锅了，没见过老子有吃有喝的，却去端小子的饭碗，是吧？看你吃的肥头大耳的，亏心不亏心啊。

厂长夫人说，我要打110了，你这老头子走不走？

聋子说我走，可明儿我还要来，不量米可以，我来吃你们的饭。

聋子走了。

回到家里，一向软弱的儿子愤怒了，和他吵了一架，你这不是给我添罪孽吗？下岗是国家的政策，又不是厂长管得了的！

聋子说，那他厂长咋不下岗？啊，你说说。

儿子说，爹啊，你知道吗，你这是破坏了稳定，你知道吗？

聋子听不懂儿子的话，呸了一口，说你不配是我的种。说完就要回乡下去，谁也劝不过他。

他走的时候，儿子给他钱。他说，不要，不是我聋子的，就是金元宝也不要，是我聋子的，一根草也不给。去，把我的斗给拿来。

聋子拿着他的斗，又甩下硬邦邦的一句话：这斗，我一辈子量吃量喝，也量着心，不亏别人，也不亏自己。然后就回到乡下去了。

很久很久以后，村里突然开来一辆小汽车，走下来的是聋子儿子的厂长，坐在他的炕头，凑近他的耳边说，大爷，厂子亏损，我被免官了，我的饭碗也没了，和你儿子一样了，突然想来看一看你老人家。

聋子哈哈开心笑起来，使劲拍拍他的肩说，这才像个男人！说着就拿了个空酒瓶，说要去打点酒，咱们喝酒。

再后来呢，厂长自己办起了一个公司，当了老板，聋子的儿子成了他公司的员工，他又雇用了聋子，在公司里看大门。

爹有没有能耐

大伟躺在床上一整天了。他感到懊恼，中专毕业后，同学们都找到工作了，可他家没门路没关系，只好还蹲在家里。

大伟妈把一碗荷包鸡蛋面端在他的床头柜上，吃吧孩子，人是铁饭是钢，不吃饭怎么能行啊？

大伟说不饿，说着眼泪就涌出来，顺着脸颊，滴湿了枕巾。

大伟的父亲正闷头坐在沙发上抽烟，烟雾弥漫着。

女人一把夺过他手里的香烟，踩在脚下狠狠地锉磨，像锉磨他的男人一样，抽，我叫你抽！

男人火了，吼着：饿死他，不吃饭饿死他活该！

大伟从屋里走出来，拉开屋门要走，甩下一句话，我不比别人差，我就是少了个有能耐的爹。碰！关上门走了。

大伟父亲骂着，你他妈的去找一个爹！去吧！

女人说，别骂了，骂人不是本事，你还是去找找柳局长吧。

他说，我一辈子不求人，我靠劳动吃饭。

女人说，过去你不是常给他家干活儿吗，就当是劳力换人情还不行吗？再说，你们是中学同学，文革他当狗崽子的时候，他吃过你家多少饭啊。

男人说，我家祖传的家风，对人施恩不求报。

女人说，你当真不去？

男人说，当真不去，怎么？

女人哭了，哭着拾掇衣服要走，你跟你的家风去过吧，俺娘俩离你远远的。女人当真要走了。

翠花！他的大嗓门儿吼了一声，把翠花吓得哆嗦。他说，翠花，你

没有忘记我叫什么名字吧？

说混帐话，你不是叫李不弯吗？翠花心里想，爹娘给了个俗名儿，有啥呀？可又一琢磨，这名儿当真有意思，他当了半辈子工人，再穷再累再难，也是立着的一条男子汉，没弯过腰。李不弯，这名字像他的人。

翠花改了注意，说不去找柳局长就不去吧，我也不走了，孩子安排不了工作，个人干也行，老天爷饿不死瞎眼的雀儿。

李不弯闷头好大一会儿，突然站起来说，我去，我去找柳局长说去！

翠花愣了，太阳是不是从西边出来了？看看他当真要去，他说，你去我跟你一起去吧，你拙嘴笨腮的，不会说个话。

他们来到了柳局长的家，正好局长在家，他说你们真稀罕。

李不弯说，我是没事不敢蹬三宝殿，我今儿来，是求你给我改个名儿，我这个名儿难听，你是文化人，给我改改。

柳局长说，都半辈子了还改什么啊？别开玩笑了。

李不弯一脸的严肃。柳局长说，既然当真要改，也得给我一个思考的余地，先喝茶。

李不弯说，行，我等你想。我还有一个事儿求你，你是局长，能不能给我家大伟安排个工作，中专毕业了，分不了。

柳局长考虑了一下，说可以，你张嘴了我不好办也得办啊。

这时局长的儿子回来了，喊李不弯叔叔。李不弯说，小杰啊，你都长这么大了，记得和大伟同岁，在哪儿上班呀？柳局长说在市政府工作。李不弯说，到底是局长，还是个有能耐的爹。

局长夫人说话了，不弯，你这话让我想起了一件事，十六年前，你给我家做小板凳，记得不记得？李不弯说记不得了。局长夫人说，那时候小杰还小，看你做小板凳看得入迷，你走了他说什么你知道吗？他说，这个叔叔什么都会，多有能耐啊！我爸爸没能耐，什么都不会。

大家都哈哈地笑了。李不弯没笑，他在想心事，想刚才他儿子说他的那句戳心窝子的话，他感到有些滑稽。

他们要回去了，出门的时候，李不弯回过头，对柳局长说，别忘了啊，给我改个名儿，三天后我再来找你。

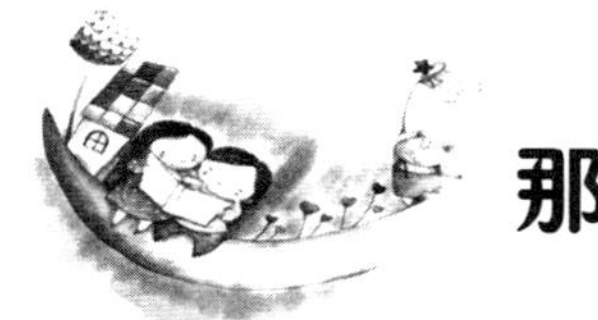

那个芒

我在故乡的公路边下车时已是傍晚，中秋时节的乡村弥漫着田禾的芳馨，西天边上正红艳艳地变换着火烧云，夕阳如一枚酥软的蛋黄流溢交融在霞光里。就是在这个时候，我见到了芒。他正拉着满满尖尖一排车新玉米走过来，一股浓烈的汗味使我不能不注意他：一条粗硬的麻绳深深地勒进他赤裸着的肩股里，丘陵似的疙瘩肉在他的胸前臂膀上涌动着，下身系着一条灰苍苍皱巴巴的宽大的布裤，赤着脚。走过我身边时，他没说话，只是冲我笑笑，笑得毫无表情。那笑纹就如一潭浑浊的洼水溅起密密的皱折，乱糟糟的头发如洼边的蒿草。仅仅是一双黑碌碌的眼睛，才使我想到他就是芒。

我的心一下子震颤了。记忆像一个早已被时间淹没了的礁石，又突然显露在水面上。

那时，他作为一个客人，叩开我的门。他穿一身洗得泛白的蓝裤蓝褂，嫩白细腻的脸像一块碧玉，镶着一双黑葡萄似的眸子，进门就喊了我一声“清哥。”他说：“你不认识我了？我从咱老家来，老家咱是一个胡同，我叫芒。”

少小离家，确实认不得我这位小老乡了，但我一下子喜欢上了他，请他坐下喝茶叙话。他细声细气的话语散发着书卷气的青春气，他告诉我，他今年高中毕业，高考落榜了。说到这话的时候他低下头，白净的脸颊微微泛红。

“那明年再考嘛！”我劝他。

芒抬起头，黑黑的眼睛放着光彩：“我就是为这事儿来找你。我爹不让我考，要我下地干活儿，可我不愿意，我只想上学！”他求我回去给他爹说说，让他再复习一年，他说：“我是没有一点办法才来找你的，你给

我爹说说一定能行。”

芒的爹给我的印象很深：斗大的字不识几个，粗大健壮，发脾气就打芒的娘，一只大手抓住她，从炕上仍到屋地下，又从屋地下仍到门外。吓得芒和他的兄妹缩成一团躲在门后，捂着脸从指缝里偷看。

我想，这样的家门能出芒这样一个好孩子，也算是他家的前世积德。芒向我表示，只要他爹能同意他再复习一年，吃多大的苦他都愿意。

我被芒感动了，同意抽空儿回去给他爹说说。

芒很高兴，站起来，冲动地拉住我的手：“谢谢你了清哥！谢谢！”他那双黑眼睛里闪烁着泪花。

送他到一楼时他还用衣袖拭眼睛，然后回眸，留给我一个清秀芳馨的微笑……我想，如今城里的孩子都很幸运，多少望子成龙的父母，为了孩子的学习，都情愿付出任何代价。比起芒，真是天上地下两个世界。

芒留给我的是一瞬间的欣赏，犹如一股花香一缕烟云，慢慢地淡了。我没有因为芒的事专程回老家，后来偶尔回老家时也没想到去拜访芒的爹。

如今的芒，陌生得让我认不出来了，他老了，一点不像他的年龄，我同他打招呼，他只是说了声：“你回来了?”那声音如一面破碎的铜锣，震得我的心弦发颤。我木然地瞅着越走越远的玉米车，夕阳里，那玉米车像一团火在燃烧，在摇曳……

回到家中，老母亲和家人自然十分高兴，说长道短地拉家常话拉个没完。我却还想着芒，心里如同一团乱麻。

此时，一盘圆月镶在天上，踏着胡同里清凌凌的满地银白，我走向芒的家中。

芒的一家正在月光下吃晚饭。见我进来，芒从他的屁股底下拽过一个蒲团让我坐下，他却蹲在一旁，依捧着手里的碗“唏唏”地吃粥。芒已是两个孩子的父亲，见我坐下，他的小儿子好奇地蹭在我的膝前，芒冲在一旁吃饭的妻子吼一声：“你死了！把孩子弄开。”

这一吼，把我吓了一跳。我想起了芒的爹，那个曾经把老婆从炕上扔到屋地下又从屋地下扔到门外的芒的爹。

等芒的媳妇把孩子抱到一边。我看着在一边闷头吃饭的大儿子问他：“上几年级啦?”

芒接过话茬说："嗨，念了两年，没用，让他退学了，在家帮着养牛。"说完掏出烟袋"咴咴溜溜"地吸着，院子里弥漫着浓郁的烟叶子味……

我的心突然憋得难受，满肚子话愣是没有说出来。

这不能怨芒。

那天晚上我没睡觉，以前那个书生气的芒，芒的爹，还有如今当了爹的芒在我的眼前漂浮变幻着。

我发现自己的过错已经太晚了。当年，我是答应芒去给他爹说说上学的事的，可我没有去！当真？一方水土养一方人。这芒，是子子孙孙没有穷尽了？

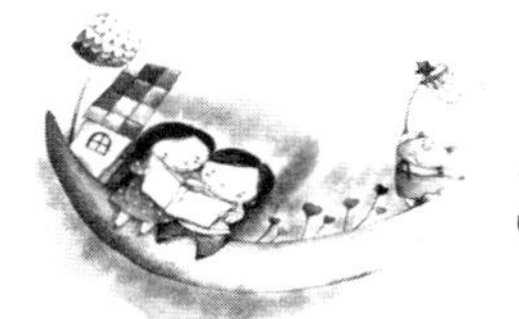

大丈夫

从肉食冷库借调到市委小车班，牛顺激动得三天三夜没睡好。

妻子也高兴，把他搂在怀里亲热着：现在身上没有腥味了，好闻了。

他觉的妻变得挺温柔。

妻说：等正式调过去了，长个能耐，别忘了给我农转非呵。

牛顺憨憨地笑：那当然，等把你户口转进了城，咱就是子子孙孙吃皇粮了，那日子就美了！

妻娇声地喊：哎呦呦，你把我搂疼了！

牛顺在小车班干得实诚，他不甩扑克不打麻将，而喜欢蹭在师傅们身边看热闹。

师傅们爱支派他干活：牛顺，点烟。牛顺，续茶……伺候师傅们玩，牛顺是一乐儿。

没事的时候他就去院里擦他的“奔弛”，比起在冷库时开的挂斗“东风”，那叫鸟枪换炮——没比！他擦这辆小轿车擦得特认真，一朵一朵的光亮，从那丝线团下噌、噌地跳出来。

班长喊他：“你来一下，牛顺。

他到办公室，才知道是让他的“奔驰”固定跟胡副书记。班长说：好好干哪，别出错。

牛顺的脸腾地红到了耳朵根，他激动，这是头次伺候这么大的官。他点头说不辜负领导的信任和关怀，他保证。

他看见胡副书记穿件呢大衣向他走过来，心里就扑扑地跳。

胡副书记拍拍他的肩：“你就是小牛吧？今儿咱们去省委。”

他知道第一趟拉领导出门很重要，态度好不好，技术熟不熟，脑子灵不灵，领导的第一印象是关键，他想，千万要干好，千万！

他觉得坐在身后的胡副书记在看他，脊背上像扎了一层密密的刺，麻酥酥地痛，踩油门的脚一哆嗦，那车就奔弛在铺满雪的马路上，唰，像飞。

慢点！身后的声音很低："雪天，路上滑。"

看看看看，还是让胡书记挑了茬。牛顺心里骂自己，没出息！

车慢下来，飘飘悠悠，在滑溜的路面上像醉汉。

车窗外飘着雪花，正是三九天儿，太阳也冻得脸发白，车里暖和，牛顺觉得热热的脑门上有汗在流，他用手背抹了一下，慌什么你！别慌！他劝自己。

车在省委大院停下。只有二百里的路程，像是跑了个万里长征。牛顺舒了口气，哎呀我的妈，真累！

还坐在车里的胡副书记没动，也没说话。牛顺这才想起雷师傅说给他的规矩，他赶忙下车把车门拉开，胡副书记才走下车。

他陪着他走上大楼。这静谧的楼道里铺着地毯，踩上去软软的，像是走在云彩上。

他们被招呼在一个会客厅里等候，没多久过来几个穿着体面的人，那位胖胖的领导和胡副书记握手，寒暄。大家落座。

这屋子里真暖和，山水满墙，猩红铺地，连人们的说话声在这高雅的氛围里也过滤得很温柔。稍许，屋子里静下来。

胡副书记看了一眼牛顺。

牛顺正"嘘嘘"地喝茶，这茶很热乎，很香美。

小牛，外面看车吧，胡副书记说。

牛顺喉管里的茶差点呛出来。他赶忙站起，他觉得所有的人都在看他。如梦突醒，这屋里的人们大大小小都是官啊，咳！真不知趣。

牛顺红着脸走出屋外。

呜呜的风，几朵雪花贴在脸颊上，凉凉的。他想，他没有想赖在屋子里听什么啊，他只是想喝一杯热茶，驱驱一路的风寒干渴。

他的眼圈红了，钻到车里，砰地关上车门，把羞愧严严实实地关在车里。

在车里他睡着了，很久很久。

有人用手指敲车窗：笃笃！

牛顺一个激灵醒来。车窗外已是黑黑蒙蒙，一个陌生的面孔正冲他笑。

要走吗？他问。

那人是省里的秘书，说：不走，去吃饭。

餐厅里，柔和的灯光罩着圆桌上的内容，很丰富。牛顺是饿了。

所有的人都向那个胖胖的人敬酒，叫他黄书记。胡副书记也笑着敬黄书记的酒，笑得特慈祥。

牛顺坐在一个不显眼的地方，他没有喝酒也不想喝，他得保证领导的安全，司机的操作纪律他懂。

他吃得特舒坦。

严重的事情发生在饭后走的时候。几个人走出餐厅为他们送行，其中还有那个胖胖的黄书记，握着胡副书记的手在告别。

牛顺这次没忘记司机的规矩，他把车后门早早地打开，恭敬地等着胡副书记上车。

胡副书记走到车旁，瞪了他一眼，低声说：开什么门！开你的车吧！

牛顺懵了。

上车。胡副书记向车外的人们招招手：再见！

牛顺踩着油门，那车哼哼了一声，灭火！

胡副书记又向车窗外挥挥手。

车还是一阵长长的哼哼声，没动。

牛顺的脊背上细汗淋淋。他听到胡副书机干咳了一声，他觉得身后的那张脸很阴沉。

车窗外的人们在冲车里喊：再见！

火打着了。车轮咯咯吱吱辗着雪驶出大院，钻入沉沉的夜色里。

车里很静。牛顺想起小车班师傅们侃过的闲话。老雷师傅说：干咱这行是驴粪蛋子外面光，我那时开车拉的是耿市长，我都把他当亲爹。这亲爹有痔疮屙屎擦不净，都是我给他洗裤头。

牛顺听这话时笑得肚子疼，现在想来却是心里酸酸的。他想，这下完了，胡副书记对他牛顺的印象一定很差，不可救药！

车在路面上轻轻地颠了一下，颠出了牛顺的一个饱嗝：哏儿！挺响。

别打嗝，别打！他咽了口唾沫。

但嗓子里向外冲的气流势不可挡：哏儿！又是一个。

接着一个又一个：哏儿！哏儿……

他想起妻子托他农转非的宏愿，更紧张，这嗝把一个好梦打得碎碎的。

得！破罐儿破摔，干脆痛痛快快地打。饱嗝把牛顺打出了一个解脱，打饱嗝总算不上犯了王法。

扑哧！牛顺笑了。

这一笑很奇怪，那哏儿、哏儿的声音戛然而止，胃里平和了，舒坦了。

胡副书记问：怎么搞得啊？

许久，牛顺没说话。然后，他肺腑里的情感酿成了一团爆响的气流冲出双唇：吃得撑的！

回来时觉得时光短路程也短，送回胡副书记，到小车班已是院静人空。

这一夜牛顺没有回家，他怕温柔的妻再抱着他提及那话：农转非。

就睡在车里，鼾声很响。

阳光温柔地抚醒了他。师傅们都已上班，牛顺见班长正冲他的车走来，赶忙开门下车。

班长说：怎么搞得牛顺，昨晚胡书记把电话打到我家里问，从哪儿来的一个司机，会不会开？

牛顺说：别说了别说了，班长，他把一张写好了的申请递给班长：我还是回冷库开“东风”吧，拉那冰疙瘩比拉人舒坦。

这时侯老雷师傅凑过来：你真是混小子，混小子啊！能屈能伸是大丈夫，懂吗？

怎么才能做大丈夫呢！他想不透。

无事可求

小车班的麻将搓得很热闹，搓得密密麻麻像爆响着的一锅炒豆。

牛顺没学会。但他想让大伙们玩得好，伙计们玩高兴了他就高兴。他一壶一壶地给大伙沏茶，那茶倒得很熟，从高高的壶嘴里哗哗如瀑倾在一只只茶碗里，冲出袅袅白亮的热气弥漫着。

牛顺，点只烟！火亮了，好几个叼着烟的嘴唇围上来。

牛顺，辛苦辛苦，帮咱们老耿市长跑趟医院怎么样？

牛顺说行。

眨巴眼一年过了，牛顺已经正式调到了小车班。他的车在小车班打杂差，坐他车的人，大都没权没势没有架子，大都权小势小架子也小，能相互拍着肩膀喊哥们说笑话。但有一类人物开不得玩笑拍不得肩膀，这些人万里长征吃过糠，抗日战争负过伤，解放战争扛过枪，抗美援朝渡过江。要是前些年遇上不顺心的事，他们会捋胳膊坦胸膛露出身上的枪眼教训忘了本的人。现在不了，他们把历史裹得很严，他们知道现代人只认钱眼不认枪眼。

但牛顺没忘本。

医院里人多，人挤着人，蹿动着的头脸把楼道装填得满满的。他看到老耿市长被挤得啪嗒啪嗒直掉泪。人退了都经不得事，经事心里就酸。

他说：耿市长，让我背你吧。

老人得的是脑血栓，说不清话，冲着牛顺点头，那红红的眼里有泪，闪闪的亮。

牛顺背老耿市长楼下楼上跑胸透室跑化验室跑心电图室。累得直喘。

医生的脸板得很紧，训老耿：哪痛哪不舒服？说话都说不清看什么病！

老耿越紧张，嘴里的舌头越是发硬。

医生说牛顺：你爹说不清楚你替他说。

牛顺平白多了一个爹，他想笑，但没笑出来。

老耿市长笑了，笑得很涩。

牛顺想，要是人家现在还是市长，你们拍马屁到人家里排队看病还抢不上呢！难怪到岁数的老头儿都不想退，这人情薄！

回到小车班，牛顺端起茶杯咕噜咕噜猛喝。他心里有火。

正摸麻将的小刘笑他：牛顺，干活差不多凑合过去就行，干那么瓷实累不累？

牛顺说：不觉得累，只觉得气，他向大家叙述拉老耿看病的事。他憋不住。

小刘说：那不怪，就像这牌，有权了“发财”，没权了“白板”，哪个当官的时候不是人哪。老耿当市长时还有人给他洗过裤头。对不对？老雷？

老雷那时是耿市长的司机。他用一个狠狠的抹后脖报复了小刘：你小子揭挑人，咱那是阶级感情儿，你有么？

小刘笑了：是感情是屁精说不清。要我看拍马屁也得看谁，有用的伺候得他高兴，没用的糊弄得他高兴，你看咱是颠颠儿地跑吧，其实跑没走的快。我说牛顺，你伺候那老耿头再好没用，弄不成你媳妇的农转非。

和了！小刘喊。

牛顺心里别扭。别扭的时候就不爱说话，他走出去擦车。做人就要做实诚，他想。

牛顺拎着水桶在那“奔驰”上猛冲，一丛丛的水珠爬在车身上，流着滚着，滴溜溜的亮。

牛顺的实诚在小车班有名，他也沾这实诚的光。他往小车班办正式关系时师傅们都替他跑，那关系办得特顺，一路绿灯。大伙都喜欢牛顺，牛顺勤快。

班长叫他：牛顺你来。

班长用神秘的眼神瞅着牛顺说：从明天起你固定跟新来的王副书记，他点名要你。

书记怎么知道他？班长的笑很丰富：牛顺什么时候学得乖巧了，外憨内秀看不透了。

老雷师傅说：行了牛顺，不用你老雷师傅操心了，这王书记可是管政法，有这层儿，你媳妇的农转非要算十拿九稳了。

牛顺屈在肚里，哑巴吃黄连。

第一次见王副书记，牛顺板着脸：上哪儿？

坐在车里，王副书记告诉他下县去：跟我有劳你辛苦了，哥儿们！

喊得牛顺打了个激灵：王书记别闹了，你是领导。

王副书记说，我没闹，咱们曾伙过一个爹，想想在医院你背老耿市长看病，医生怎么说你啦？

牛顺还没来得及问，那你怎么姓王不姓耿？王副书记说，改了姓不重要，是长征的时候生了他，爹娘就把他寄养给了乡亲。

牛顺还是坚持王副书记别喊他哥们，他说他受不了。他想，龙生龙凤生凤，老鼠生来会打洞，他的亲爹的亲爹祖祖辈辈都摸锄把，天生伺候人的命。他认。

牛顺字墨浅，但他看出来王副书记确实有能力。比如说话，每一句话都圆满得像一个圈，大圈套小圈，圈圈相套，最棘手的问题也被他逼到山穷水尽处，没漏洞。

牛顺看到王副书记把向他汇报的老县长问的发慌，掏出手绢一个劲地擦汗。下县提前不打招呼有点微服私访的味儿，来不及准备汇报材料像来不及准备美味佳肴一样，使他的部下十分汗颜。吃饭的时候王副书记说：走，到食堂去，有没有份饭？

牛顺吃得舒坦，热汤热水的，像在家。

车轮呼呼生风转了三天。

车后的王副书记问他：小牛，跟我没明没夜地跑，想没想你媳妇？

牛顺的脸腾地红了：看你说的，王书记，咱就那么没出息。

咳，这事儿不能叫没出息，年青人嘛，这事都像烈火干柴哩！

这王书记可真逗。牛顺想说，俺是想媳妇，俺媳妇还是向阳花呢，王书记你能不能帮俺转了，话到嘴边又咽了下去，咳！刚跟王书记就提个人的事儿，像交易，俗！

牛顺还是有点怕他，被别看他慈眉善目的样儿，可跟下属提起违法

乱纪的事儿那眼神就忽闪闪地亮，像剜烂土豆的刀。

这天晚上他们住在一个镇招待所，这镇是山镇。月亮很亮，那窗外影影绰绰的山染得蓝蓝的，有夜莺啼叫在山谷里。

王副书记单间算高档，一对沙发，一张床，配有一台黑白电视机，唰唰啦啦杂音特大。

牛顺住隔壁，自然没沙发没电视，只是床大，像土炕。

牛顺没睡，他得等王书记回来。下午在镇政府谈事情时，牛顺见一群乡亲喊着跪在大门前。牛顺想，做领导真不易。他把王副书记的被子搭在胳膊上，放在炉子上面烤。炉火挺欢，一窜一窜地跳跃着，火舌把那潮湿的被子舔得火辣辣热。

王副书记回来得晚，一身的疲惫，他问牛顺：这么晚了还没睡。

牛顺说：这就去睡。

王副书记跟了过来，他说：你这儿床大，我一个人没意思。

牛顺很窘。

他怎么能看市委书记赤身露体钻被窝的样儿，多不好意思哩！

可王副书记不在乎。

牛顺想让王书记睡下他才睡，他说：我去撒尿。

王副书记说：我也去撒。

咳！

王副书记一边撒尿一边同牛顺说话：说这儿的乡干部都像土匪。

牛顺真不好意思，额上的汗出来了，可是尿愣是不出来。

这一夜睡得艰苦。牛顺听到王副书记翻身辗转。

牛顺也睡不着，但他得装睡，稳声屏气一动不动，他怕王书记跟他说话。

王副书记睡着了，鼾声轻轻。牛顺这才长长地舒了一口气，我的天，真累！

又想起妻子，妻子搂着他的时候说过：等你长了能耐，别忘了给我农转非呀！

这个王副书记还真是随和，牛顺想，明天就给他提提妻子的事儿，就明天！王副书记翻了个身，嚼着一串含混的呓语：土、豪、劣、绅，贪赃、枉、法！

月光下，牛顺看见王副书记的眉头紧锁着。他想，做领导真是不容易，梦里还好多事儿揪着心呢！

第二天，牛顺没有说起妻子农转非的事，以后也没有再说，说不出口。

王副书记那张脸颊总是亮亮堂堂一个好天，你给他提私情事难为不难为，牛顺不知道。

王副书记晋职要到省里做官了。

牛顺心里很空，但他想得开，人往高处走，好人有好报，应该！

王副书记去看他的父亲。脑血栓已经把老耿市长栓在床上不能说话。床前蜂蜂拥拥围满了医生。医院的副院长在细心地为他诊断，这是全市有名的心脑血管专家。

看到牛顺，老耿市长眯朦着眼睛放出了光彩，被角下颤颤地伸出一个拇指。

送王副书记的时候牛顺哭了。王副书记说：小牛别哭。有什么事情要我办吗？有事别客气。

旁边的老雷师傅在掐牛顺的手腕子。那意思牛顺懂，可他楞是没说媳妇的农转非。这时候提这事儿合适吗？牛顺想，跟着王副书记像嗑瓜子满口香，别让他最后嗑一个坏的。

没……没事儿！牛顺说。

山寨锣

大秋说：这黑更半夜的，让俺拉你到镇上，你给俺多少钱？

童民看看山顶上冰陀般的月亮，说钱你看着要吧。

大秋说，你给俺五十块。童民说行。

大秋干咳了一阵，又说：我看你答应得痛快，一定很有钱，那你就给俺一百块，俺才去。童民无奈地笑笑，说一百元就一百元。他想：这黑冷冷的天儿，让他用三轮车拉着跑一趟镇里也算不容易。

大秋骑三轮，一边拉着童民一边说：对不起啦，这年月不比从前，从前认人不认钱，如今的人难认了，就属钱好认。

他们来到村子边的公路上，童民的司机正守在坏到路边的汽车旁抽烟，老远就冲他们喊：找来老乡了？

童民他们是一大早来到这山里的，在山梁上转悠了一整天，浑身的骨头都散了，偏偏回去时汽车就出了毛病，司机说非得到附近的镇上买零件儿，这样童民才去找了这老乡。

司机说：童书记，你在这儿看车，我跟这位老乡到镇上买零件儿。

大秋愣了神：你们是官儿啊！然后就踌躇磨蹭，摆弄着三轮说：咳！这车链子太松，怕爬不上这山路。

童民把一叠钱塞在大秋的手里：这钱，我给你加倍，二百块，行吧？

大秋说：得，试试吧。一块去吧，这汽车用不着看，这时分强盗也不进山里来，来了早叫野狼给叼了。

大秋把三轮蹬得满满的，“吱吱呀呀”声在山沟里回荡。一段路后，大秋回头冲童民说：你骑一会儿，咋样？这山坡我是蹬不动了。

童民说：正想试试呢。他边说边用手去捅捅急火火要发作的司机。

折腾了一夜才买回车零件儿。司机修车的时候，大秋瞅着童民问：你当真是官儿？几品哪？

司机气冲冲地说：这是刚到咱县里的童书记。

哎呀，咋不早说哩！大秋说让俺赶紧告说村书记备酒席。

童民哈哈地笑了：酒席不必了。要吃咱就到你家去，我也真饿了。他边说边推大秋坐在已修好的汽车里，童民骑三轮，跟着汽车回到大秋的小院前。

晨曦湿湿的，洗亮了山梁。可大秋的屋里还是黑黑的。俩孩子打着呵欠爬在炕头看稀罕。大秋的女人长得清秀，也很利索，一大摞烙饼，热腾腾地摆在炕桌上，饼香伴着酒香，荡漾在屋里。大秋说：这酒是自家酿造的，放开量。斗胆问童书记到俺这大山里干啥哩？

童民说想在这山里建造经济沟，那荒岭荒坡，还有那不收几斗粮的梯田，都栽上果树，卖大钱。

大秋说干啥都可以，这梯田你可不敢动，谁动乡亲们敢跟谁拼命哩。

童民问这为啥？大秋说：那梯田是过去的老姜、姜书记领着我们修造的。那姜书记跟俺爷爷啥关系？哥们呀！那一年鬼子围村，要抓打游击的老姜，把俺爷爷架起来，点起劈柴火烧屁股，烧得满街满巷的肉味儿……老姜当了官儿，没有忘掉俺山里人，你打听打听这满坡的石头，哪一块儿没有姜书记的汗珠子？

司机憋不住说：你知道那姜书记是谁？是咱童书记的爷爷啊！司机告诉他童书记不姓姜，是因为从小给了人抱养。

大秋的眼睛瞪大了一圈儿，一把抓住童民的手腕，掏出那叠钱拍在他的手掌心儿：早知咱哥儿们这情义，还说啥哩！来，喝酒！大秋举起的大碗，与童民碰得一串的脆响……这酒一直喝到了近午，大秋笑眯眯地瞅着童民：让你骑三轮载俺，没觉得低下？

童民说，咱一家的哥儿们还说两家话？

像，像姜书记的子孙。姜书记修梯田没有错儿，姜书记的子孙在梯田上栽果树也没错儿。

童民说：想给乡亲们说说造经济沟的心事儿。

大秋说行。顺手抄起一面铜锣，摇摇晃晃走在街上。宽宏跌荡的锣

声，敲响在满街满巷、遍山遍野的阳光里：堂、堂堂、堂堂堂……

大秋在喊：姜书记的孙子来了，姜书记的孙子成了咱县的书记。

山寨里顿时聚集起了密密匝匝的村民，嗡嗡嚷嚷的声音，一下子烘热了山寨里的冬天。

会不会交朋友

酒桌上，三个人谈到了交朋友的话题。

石根苗说："不当官朋友多，当了官朋友就少了，当了大官就没有朋友了。"

另外两个朋友不同意。岳春扬和樊部，都是官儿，一个处长，一个科长，岳春扬藐了他一眼，轻蔑地笑。樊部干脆驳石根苗："奇谈怪论，就是你懂交朋友是不是?"

石根苗不说话了，他是个五十多岁的小工人，耿直少话，不说了，让他们说吧。他端起杯喝酒，闷着头听两个人说话。

岳樊两人说得投机，酒也喝多了。议论领导，议论来议论去，核心说到了金副经理的话题上："金副经理大人大量，宰相肚子能撑船，应该是总经理的材料。"岳春扬说得激动，干了一杯酒继续说，"我亲眼看见那个潘工程师给金副经理弄难堪，在会上当着那么多人撕碎了图纸，还向金副经理扬过去，说什么你懂个屁，你是外行领导内行。你听听这叫什么话!"

樊部说："那个潘工程师是什么东西！就凭着一张北大的证书，目中无人不说，还吃喝嫖赌全占了，听说了没有？在大酒店嫖娼被捉了，罚了好几千。石根苗你说说，这个潘工程师是不是东西?"

石根苗说："不是东西。"

"那咱们喝酒。"樊部举杯，三个人一干而尽。

樊部是金副经理倾力举荐的干部，岳春扬也是，所以说金副总理的好话，这里的内幕石根苗清楚。

岳春扬说："前两天下大雪，柳叶骑车摔伤了腿，金副经理的车，天天去接她上班下班，这样的干部，哪儿找?"

樊部说：“你不知道，退休的孟拐子病了，金副经理亲自到他家慰问，还拿着孟拐子的屎尿到医院里化验。”

岳春扬说：“去年优惠集资盖楼，金副经理把他的那套让给了打字员小莫，今年评优，金副经理又把他的名额让给了司机小宫。”

等等等等……岳樊两人赞不绝口夸着金副经理。爱之越烈，恨之越深，把那个让金副经理难堪的潘工程师骂得狗血喷头，其罪恶简直罄竹难书。

桌边已经是两个空瓶了，岳樊两人的舌头眼神儿都直了。他们喝酒时，石根苗不喝，用笔在一张香烟盒上画着。他们不喝酒了，石根苗却喝了一大茶杯酒，然后把那张烟盒递到他两个人面前：“给你们看看这个。”

烟盒上写着：岳春扬——舅舅是市委秘书长；

樊部——哥哥是市委宣传部部长；

柳叶——爹是省人事厅的一个科长；

孟拐子——儿子在北京当外事干部；

打字员小莫——丈夫在二炮当工程师；

司机小宫——二姨夫在青龙县当书记。

小工人石根苗——八代祖坟头儿上没一个官。

“呸！”石根苗突然厉害了起来，眼睛瞪得吓人：“你俩不配做我的朋友，白长了两只眼睛。你们不是在说交朋友吗？我告诉你们说，潘工程师再坏，可交朋友；金副经理再好，不能交啊！”

然后石根苗讲了两个故事：“文革”的时候，金副经理还是一个厂子的秘书，之前为厂长端屎端尿都干，“文革”了，厂长的一百八十条罪状贴了出来，谁干的呀？就是今天这个金副经理。

潘工程师那时是那个厂里的技术员，厂长被整死了，暴尸游街，这个潘工程师却为他披麻戴孝。

“我醉了！”石根苗“啪”地摔碎了一只酒杯，拂袖出门。

岳春扬和樊部都醒了酒。

阿亮的幽默

侍候好领导是一件很不容易的事。

在招待所的客房里，司机阿亮让尿憋得小肚子痛。是因为陪着罗书记说话，不敢失礼。好不容易从他的话缝里钻出来，站在厕所的尿池上，却愣是尿不出尿，是因为罗书记也跟着走进来撒尿，说话慢慢悠悠地系腰带。尴尬的阿亮出了满脑门子的汗。阿亮是紧张的。

阿亮原本胆子挺大，是那一件事，弄得他从此心有余悸丢光了信心，跟罗书记开车第一次去北京，阿亮想逞能露一手，车开得快，把两边的风景“唰唰”地甩在后面。

罗书记说：“这道不对吧阿亮，我怎么越看越像是去‘首钢’的路，你可别拉着我去练了钢噢！”

阿亮说：“嗨！我走的路还会错？你放心。”

车果然开到了“首钢”的大门口，阿亮看看一脸怒气的罗书记，傻了眼。

从此阿亮的话就很少，跟罗书记出门心里发毛。

今天他开车从B市来到省委大院时，停了车好久，罗书记还坐在后座上没有动。阿亮一激灵，赶忙下车为罗书记拉开后车门。这是司机的规矩怎么忘了！阿亮恨自己。

阿亮坐在车里，瞅着省委大楼密匝匝的格子窗，等罗书记去里边办事，等得发困。一觉醒来，看见罗书记正从办公大楼里走出来，边走边同送他的人说笑着。

阿亮赶忙拉开车后门，直挺挺的站着恭候着。

罗书记看到阿亮后一下子不笑了，低声说：“开什么门？开你的车吧！”

阿亮茫然。真是猪八戒照镜子，里外不是人。发动车后阿亮才想通：送罗书记的人都是他的顶头上司，难怪呢！是自己看不开，该挨训！

罗书记没计较阿亮，可阿亮计较自己，挨训的阴影还遮着他的心，当着罗书记的面就是撒不出尿来。好不容易等他出了厕所，阿亮才一泻如注撒了个痛快。

回 B 市的路上，罗书记中途说想吃点饭，已经是在 B 市的辖区内，停车，进餐馆，然后是罗书记吩咐阿亮出来买东西。他走在大街上寻觅着，在一个熟食店买下了热气腾腾的两个猪肝。店主人听说买猪肝是给罗书记吃，又搭上两个猪耳朵，说："这猪耳朵算白送，不收钱。"

阿亮很高兴，可细琢磨：罗书记只让买猪肝，没说买猪耳朵，别再弄个画蛇添足，让人烦。不如藏了，回家和老婆孩子开开荤。

阿亮回到餐馆，说："罗书记，猪肝买来了，挺鲜哩！"

"啥猪肝？"罗书记瞅着桌上紫红的一堆，愣愣神，然后皱眉摇摇头说："嘁！谁让你买这些啦？我是让你买竹竿！搭蚊帐。"

哎呦！阿亮狠狠地捶着自己的头……

罗书记说："阿亮啊阿亮，我给你说得清楚，可你的耳朵哪去了？"

说的阿亮打了个寒噤：什么？耳朵？他怎么知道还藏着猪耳朵呢？无怪乎人家当官呢！这真是神机妙算哪！

寻觅宝贝

蓬莱仙境是迷人的地方，游客络绎连绵。山路上走着一位老者，低着头，像是寻觅，左边看看，右边看看，长长的白胡子在微风中飘着……

开始人们谁也没有对他介意。有个戴红领巾的少年，走过来问：老大爷，您丢东西了吗？

老人没说话，只是笑笑，笑得很灿烂，然后又低下头，重复着那左顾右盼的动作。

于是红领巾跟在他的身后，也在山路上边寻找，突然他说：老大爷，这是不是您要找的东西？红领巾正从草丛中拾起一串亮晶晶的钥匙链儿，交给老人。老大爷把钥匙链儿还给孩子，笑着，摸摸他的头，然后又低头左顾右盼地走路了。

红领巾仍然跟着老人，在路边继续寻觅。

人们对这一老一少很关注，他们到底在找什么呢？人们觉得好奇，有些人也跟着寻找了……更多的人跟着寻找了……

那白须红颜的老人，气度非凡，给人以神奇的联想，这蓬莱仙境莫不是有什么宝贝？

人们在寻找中捡到了钱，捡到了戒指项链，还有人捡到了手机……寻找给人们带来许多喜出望外。捡到东西的人们纷纷问老人：这是您的吗？

老人只是摇头，摇头，眯着眼睛摇着头笑。山风吹过来。吹得老人长长的白胡子，在他胸前悠然地飘荡……

老人是不是深山觅宝……

这老头儿一副太上老君样儿，不是凡人……

各式各样的说法都有，于是在山路上，上上下下的人们排起了长龙，人们的注意力全都集中在山路边上，集中在石头缝儿、草丛里……整个一个登山游览，变成了专心致志地寻觅的聚会。对物的欲望，淹没了精神的索求……那寻觅的态势像淘金般热烈。

人们有了意想不到的收获，各式各样的收获让人们兴奋不已。有人真的捡到了显着字迹的怪石，说这就是仙石，看看这仙石，和别的石头一样吗？于是如获至宝。

还有人捡到了一个纸包儿，那里边包裹着一种迷离，令许多双眼睛放射出异彩，看着那纸包儿一层儿一层儿地揭开，然后是一阵哄然大笑，里面裹着的是颜色颇深的卫生纸！

山石间爆发着幽默，令人开心。人们继续寻觅着，寻觅着形形色色的联想……

人是最富于想象的生灵。

人们依然在想象着，老人到底寻觅什么呢？看他，那红脸膛，那白胡子，那一副天机不可泄露的模样！老人此时登上山顶，坐在一块大石头上，向下俯看。山路上仍是寻觅宝贝的人流，像是密密麻麻的忙碌着的一绺蚂蚁……

太阳光很灿烂。

老人的脸笑得也很灿烂，他捋着胸前白胡子，整个大山都融在他深邃的眼眸里……

那个红领巾也坐在老人身边，气喘吁吁地流着汗珠儿，问老人：您到底是找什么呀？老大爷。

我什么也不找，孩子。老人的话嗡声嗡气的，很响亮：我锻炼身体，医生叫我锻炼身体，老人又把头左右摇了两下，那白胡子在风中游荡：我的颈椎出了小毛病，登登山锻炼。

啊！

红领巾胖胖的小脸上，凝固成了一层茫然。

红领巾茫然的脸扭向山路上还在忙碌着的、蚂蚁一般的人流……

赌钱女人

乱哄哄的手在桌面上搓着麻将牌，炒豆子似的响着。

丽丽说：我操，你都坐了三桩了！

丽丽是车间主任的老婆，名字像个窈窕淑女，却长得粗大，嘴也大，吃了一身的肥膘，赢了牌就哈哈地大笑，可是现在她笑不出来了，嘴里只是嘟囔着：我操，你田荣还下不下桩啊？你小子今天牌运顺，你的生意、财运怎么样？

田荣神秘兮兮的，说嫂子你还别说，我半个月赚了这个数儿，他伸出了一个指头，有牌运，有财运，还有桃花运呢。

丽丽说：是看上谁哩？

田荣凑近她的耳朵说：还有谁呢？就是嫂子你啊。

丽丽在他凑过来的耳朵上，突然下嘴咬了他一口：我叫你桃花运！

田荣摸着耳朵，哎呦哎呦地叫唤。

丽丽说：你小子说正经的，刚才说的一个数是怎么赚的。田荣说：炒股票。

丽丽瞪大了眼睛，想着，自言自语着：炒股票，炒股票能赚？

主任这时候走了过来，说你们看看表都几点了，还睡不睡啊。麻将牌依然啪啪地响，主任又说你们还睡不睡觉啊？这时候田荣又推倒了牌，他高兴地说：自摸，桩上自摸，哈哈哈。

丽丽站起身，拽住主任的耳朵，说外边儿凉快，你愿到哪儿睡到哪儿睡吧。"哐当"就把主任关在外面了。

丽丽说接着打接着打。炒豆子般的声音又响起来……喵喵的猫叫声。丽丽家的猫正站在窗户上，叫得一声比一声响亮，叫得丽丽心烦，看看窗户的玻璃外面，也站着一只猫。她冲自己家的猫喊：你没出息，外面那东西黑不溜秋的，你也不嫌败兴，要是我，看都不看他一眼！说着一巴掌把猫打了下来，还踢了一脚。

那只猫不叫了，大家却开心地笑起来，哈哈哈哈地大笑……整整一个通宵，丽丽竟然一局也没有开。

主任从外面回来，看看这个，又看看那个，两只眼睁得很大，看着丽丽说：你看看你的脸啥颜色，都绿了！丽丽说：背透了！背透了！发誓今后不玩了。

主任说：玩吧。丽丽说：说不玩就是不玩儿了，谁再玩儿，就成这个。她用手比了个王八的样子，然后一瞪眼：你凑什么热闹！

大家又哈哈笑起来，笑着都要回去了。丽丽说：田荣，你小子明天还炒股票不炒？田荣说你说什么？丽丽说你明天带我去炒一回，听见没有？

田荣像看一个外星人，看着她说：就你？丽丽说：就我！

第二天，丽丽一整天没有回家，牌友们晚上又来了，都说嫂子呢？干啥去了？

门开了，丽丽疲惫地回来了，一屁股坐在沙发上，对主任说：快快，给老娘弄点茶喝喝。主任把茶给她倒上，她咕咚咕咚地喝了几口，说：老娘今天玩了一把股，嘿！赚了。

主任说你们大家看看，太阳从西边出来了。

她说：没精力给你们贫嘴，我得去睡一会儿。说着就到卧室去睡了。

丽丽当真一次也没有再玩牌，她说玩牌没有意思，没意思透了，还是玩股票过瘾。牌友们来了，主任只好亲自出马，从此替了丽丽的角色。

星期天大家又打牌，丽丽在旁边看着，说打牌多没意思啊。主任说：我觉得挺有意思的。丽丽说：屁，还是玩股票有意思。

大家问她赔了多少？主任也问她，主任还没有对她玩股票操过心呢，心想，不就是玩玩儿呢，闲着没事寻个儿开心。

丽丽的心情正是不错的时候，说你们猜猜，老娘半个月赚了多少？这个数，他伸出了五个指头，五千，知道吗？

桌子上的手，都凝固了，这太阳从西边出来了。大家问：你是怎么把炒股的学问研究透的啊？

她说：研究个屁，老娘根本看不懂那些数字，心烦。我就看田荣，他买进，我就卖出，他卖出，我就买进，我跟他较劲儿。

旁边的田荣低着头不说话。大家问是不是这样？田荣说是。真是邪门儿，没想到玩了好几年，栽了。他说不再玩股了，谁再玩谁就是这个。他也用手比一个乌龟的形状。

麻将哗哗地和大家一起笑着。丽丽说：别玩了田荣，到股市上去。田荣说：我说不玩股就是不玩了。

丽丽说：你小子真没劲，那我去了啊！

丽丽开门，匆匆地走出去，楼梯里，响起了重重的、急促的高跟鞋的声音……

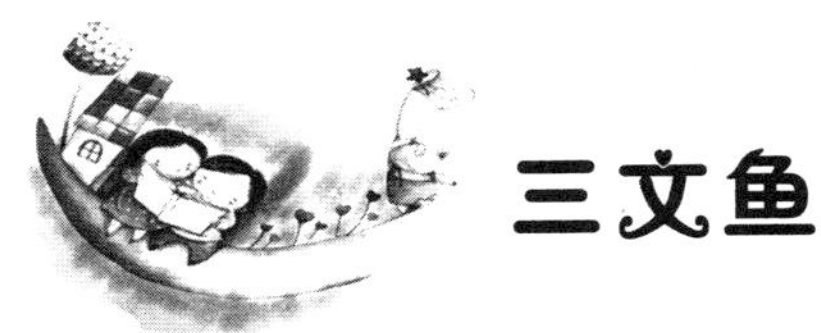

三文鱼

舒丽是文静漂亮的女孩，刚刚到这家星级宾馆做服务员，她无论在哪儿，都吸引着一道道欣赏的目光。有一天，她在大厅里碰上了苏总经理，苏总的目光很奇特，看着她的脸，她的脸唰一下子红了。

苏总说：你像一片云彩。

舒丽低下头，摩挲着衣角。

苏总问她是从哪来的？她低着头说：是从西山后面的禾家寨。

噢！深山出俊鸟。苏总说。

在舒丽的眼里，苏总高贵得就像一座大山。记得苏总给服务员们训话：说客人是上帝。她悟不透上帝是什么样的含义，但她朦胧觉得上帝就像苏总这样高贵的人一样。

舒丽低着头还等待着苏总说话，可许久许久没有声音，她抬起头来的时候，苏总不知道什么时候早走了。舒丽脸色煞白地呆呆地好半天。

后来她才知道，人们看她是因为她长得漂亮，女伴儿们说，她长得像外国女孩儿，自然卷卷的一头金发，脸型像一枚晰白的鸭蛋儿，高鼻梁下骨朵着的小嘴樱桃样儿，柳叶一样的眉毛下，那双眼睛好像黑葡萄一样在闪烁……所以她所在的雅间经营特别好，让客人饱嘴福饱眼福，因此舒丽常常受到部门经理的表扬。

这一天苏总在他的雅间陪客人吃饭，谈的都是重要的事情。话间，苏总说舒丽：你给客人唱首好听的歌吧。

舒丽紧张的心怦怦地像要跳出来，她只是听惯了各式各样的客人唱歌，可自己还没有唱过呢。她哆嗦着手取过话筒，一首歌唱完后，博得了客人的满堂喝彩。苏总对客人说：这是深山里飞出的百灵鸟儿。

客人走了，苏总送走了客人后又返了回来，对舒丽说：你的服务今

天让客人高兴，促成了我的一笔大生意，这是给你的奖励，苏总把一大叠钞票塞在舒丽的小手里。然后说：我还要请你吃饭。

舒丽很惊慌，惊慌地跟着苏总来到一间静谧的房间。桌上早已摆上了菜肴，苏总给她倒上红酒，跟她碰了杯。她惊慌中喝了很深很深的一口，她的胸膛里骤然燃烧了起来。

接着，她又很深很深地喝着。她不能也不敢不喝，苏总像上帝一样，是她崇拜的高贵的人。

苏总指着一个菜碟说：这是三文鱼，吃点儿。

舒丽看了一眼盘碟中红鲜鲜的生鱼片，她害怕吃生鱼，当然更害怕苏总的威严。舒丽拿起筷子又放下、又拿起筷子又放下，犹豫着，怯怯地看看生鱼片，又看看苏总……

苏总给她介绍说：这三文鱼也叫鲑鱼，特产在美国的阿拉斯加和阿根廷海湾，打捞上来后得先放血才叫珍品，这是珍品三文鱼，吃吧。

舒丽只好硬着头皮吃了。

苏总说好吃吗？舒丽连连点头。其实她吃得是一种恐怖的感觉。

天色黑了。

苏总说：你就在这儿陪陪我好吗？

舒丽点点头。

舒丽真的像彩云一样，自己抓不住自己了，她觉得苏总是强有力的风，云彩随着风在悠悠飘荡着、飘荡着……苏总热烈的胸膛，像天空一样的浩淼……舒丽一句话也说不出来。苏总说，你有什么心事吗？舒丽摇摇头，又点点头。她终于说：外面有人在等我呢，我值班，他从下午等到现在了。

苏总哦了一声：那你该去会会他。

舒丽又点点头，整理了一下自己，踉踉跄跄地下楼去了。苏总不放心地跟在她后面，他看见宾馆外面霓虹灯的映照里，站立着一位英俊的小伙子，把走过去的舒丽紧紧地拥抱了一下，然后说：今天我请你吃饭，今天我挣了好多钱，他说话时嗓门很大，理直气壮。

他们走进宾馆大厅，坐在餐桌旁，小伙子让舒丽点菜。舒丽的眼神儿里蓄满了很深的犹豫，她特意点了一道三文鱼。小伙子吃的很香，舒丽犹豫的目光厚厚地披在他身上……

苏总走了过来。

舒丽说：这是我的对象，我爱他。说着两行泪珠儿倏然流了下来……

舒丽唤服务员结账。苏总却吩咐记到他的账下。

小伙子目光烁烁地说：你们都看不起我是吗？劳动人吃劳动饭，说着掏出一叠皱巴巴的碎钱拍在桌子上。

小伙子对苏总说：俺没别的礼物送你，俺就送你干活儿的手艺，给你擦擦皮鞋吧。

没等苏总反映过来，小伙子早在他的脚下噌噌地擦起来，那熟练的动作，在苏总的脚下拉出一朵一朵的光亮……

擦完，小伙子站起来，嘿嘿地笑。舒丽掏出一块洁白的手绢，为小伙子温柔地拭着头上的汗……

苏总闪烁着羡慕和感动的目光说：你们很爱，是吗？

舒丽点点头，眼睛里面闪亮着泪花，十分认真地点点头。

小伙子也理直气壮地说：那当然！我们很爱。

吃 吧

下班的时候，杜可意在路边磨蹭着，这边儿瞅瞅，那边儿看看，找饭局。

工会老姚走过来，两人会意地笑笑，老姚说："走，天外仙。"

两个人等出租车的时候，席副书记走过来了，席副书记没什么实权，就是爱开个玩笑，他摸摸杜可意高高鼓起的肚子："嘿！杜可意肚子真可以，里面都装的啥宝贝儿?"

杜可意没怎么理会他，心想，哼，你老席吃不到葡萄就说葡萄酸，当了个官儿像聋子的耳朵，摆设儿，没人请吃饭。这样说也不怎么确切，是他没这个口福，糖尿病。凡有顶乌纱帽的，他杜可意都请吃过饭，可老席例外。

这个时候出租车开过来了，老姚和杜可意上车。在车上杜可意说："今天谁吃谁?"

老姚说："今儿咱是吃李宁服装专卖店，进了他的一批货，涮肥牛。"杜可意说："对，涮他一回。"他吧嗒吧嗒嘴，咽了口唾沫笑了，杜可意最爱吃涮肥牛儿了。人们已经在饭店门口等了，然后入座，问候，开吃。

吃到了一个阶段，人们就开始讲调皮话儿，讲让人捧腹的顺口溜。杜可意也说："自从当了副处长，决心把胃献给党。"杜可意现在是副处长了，他提升副处长，是得力于嘴巴的功能，一个是说，一个是吃，都是交流感情，他和领导的感情就是在吃里说里建立起来的。

老姚说："听说了没有？这一周要改革领导体制测票呢。"

杜可意说："形式，摆一摆形式。吃！快吃。人是铁，饭是钢，不吃不喝饿得慌。"

酒足饭饱，人散离席，散的时候还打着招呼儿："嘿，老杜，晚上吃

你请儿。”

杜可意说：“可以。”还给人家勾勾手指头。

单位里真的测票调整中层了。有人给杜可意透了消息：他的得票够呛，怕这回副处长当不成了。可杜可意没有当回事，事在人为。

他找那个席副书记，因为席副书记这次主管中层调整和测票的事情。他说：“席书记，今儿我请您的客，我还有两瓶‘酒鬼’没喝呢。请你赏脸。”

老席说行。这杜可意吃惊，没想到他会这么痛快，太阳怎么从西边儿出来了？

吃饭的时候，杜可意说：“中层调整谁说了算数？”

老席说：“谁说了也不算，评测票算。”

杜可意说：“当真？”

老席说：“当真。”

“那你能不能把我的反对票数目改一改？”

老席呵呵地笑起来，笑着说：“杜可意你真是可以，你是让我犯错误。我今天吃你的饭，是不吃白不吃，吃了也白吃。我想吃着饭告诉你，你吃亏就吃在吃饭上。”

杜可意变了脸，他强压着情绪，只管低头猛吃，低着头吃着说老席：“吃，吃吧！”

红嘴唇

金钢老人垂头坐在公共汽车上想心事。这一辆班车，他乘坐了几十年，今天怕是最后一次坐班车上班了，厂里已经给他办理了退休的手续："到站了，该下车了。"他默默自语。

旁边的座位上，一个姑娘"噗嗤"地笑了。他抬起头，那个姑娘正好奇地看着他，他和她的目光相撞时，姑娘羞涩地避开他，手里拿着一个精致的化妆盒，对着小镜在嘴上抹唇膏，把那嘴唇涂得艳艳的。

靠近姑娘的座位旁，站着一个五、六岁的小男孩儿，一边看着姑娘抹嘴唇儿，一边巴嗒着他自己的小嘴儿。突然，男孩儿搂住姑娘的脖子，在她的嘴上亲了一口。然后拽着他身边的妈妈说："我要吃，我要吃樱桃！"惹得汽车里一阵哄笑。

金钢老人也笑了，他看看姑娘的红嘴唇儿，鲜鲜嫩嫩的，真的象是一颗红樱桃。金钢想，年轻的姑娘，打扮不打扮都象花儿一样，抹抹红嘴唇儿是挺好看的。

她的身边挤过一个三十多岁的男人，猥亵地和她说话、挤眉弄眼。

金钢老人觉得混身不舒服。

那个男人拽拽金钢的衣服："喂，刚才你不是说到站了？腾个座儿。"

金钢板着脸，没说话。

"我说你是不是一个聋子？"那个男人哈哈地笑了，笑着和那个姑娘说话："你怎么不给我联系？"

"哎呦，人家穷得打电话的钱都没了嘛！"姑娘嚅动了一下红嘟嘟的嘴唇，瞥了那男人一眼。

姑娘身上飘散着一缕缕香水味儿，呛的金钢老人有些喘不过气来。他揉着自己的胸部，脸色苍白。怕不是心脏病又犯了吧？他想。

那个男人使劲朝这边拥挤，衣袖蹭着金钢的头脸。

金钢说："你，站直了行不行？"

对方嘟哝了几句脏话。全车厢的目光聚积到这边儿。那个抹红嘴唇的姑娘有些窘，照着小镜儿在脸上擦粉饼儿。

"瞧见没有？是只鸡。"有人说。

金钢身上打了个激灵。他想，这样好看的姑娘，能是那一种人吗？他细细瞅瞅那两个人的眼神儿表情，开始相信刚才听到的话是真的。他把身子挪得离姑娘好远。

那个姑娘又从挎包里取出化妆盒儿照镜子，金钢老人又瞅了一眼她的红嘴唇，觉得恶心，像是血淋淋的吃了死老鼠，真难看。

他把头扭向一边，站在他身边的那个男人，隔着他的身子还在往姑娘这边凑，臂肘压挤着他的头。金钢的心里，腾地燃起了一团火焰，他用粗大的手掌，使劲推了那男人一把，把他推了个趔趄。

那个男人凶凶地向他逼过来。姑娘急忙站起身，挡在了他们的中间，顺势依偎在那个男人的身上，细声细语劝说了几句。

车停了下来，金钢老人该下车了。他顺拥着下车的人们往下走，他的腿软软的没有气力，他想，这是一趟末班车了，再不会乘这辆车上班下班了。这辆末班车让他乘得一肚子气。他觉得脚下的地在旋转，街上的楼房树木在旋转，金钢老人"噗"得一下摔倒了，他的思绪一下子淹没在黑暗里……

汽车开走了，留下了一群围观的人们，紧张的、轻松的、同情的，各式各样的表情充斥满街道。

一个姑娘挤进人群："你们这些人哪，怎么都愣着？"她一边说一边伏下身子，摸摸老人的鼻子，又摸摸老人的心脏，然后把嘴巴对准老人的嘴，吃力地做人工呼吸。

金钢老人渐渐苏醒了过来。他看到一张白晰的脸，那脸上镶嵌着一个醒目的红嘴唇，正冲着他欣慰地笑。金钢推开她，支撑着站起身。

"你应该到医院看看，我陪你去吧。"她说。

金钢老人想起车上的事情，气恼地瞥了她一眼，不吭声。

“那您保重。”姑娘尴尬地垂下头，慢慢地向人行道的深处走去。

有人告诉他，是那个姑娘，方才做人工呼吸救了他。

“什么?”金钢老人用手背抹了一下嘴，心里想，死就死了，死也死一个干净。干嘛又活了呢？活得肮脏了！

想起那个鲜红鲜红的嘴唇，他觉得胃里翻搅得难受，他凝视着那个姑娘渐渐远去变小的身影，突然奋力地、浓浓地吐了一口：呸！

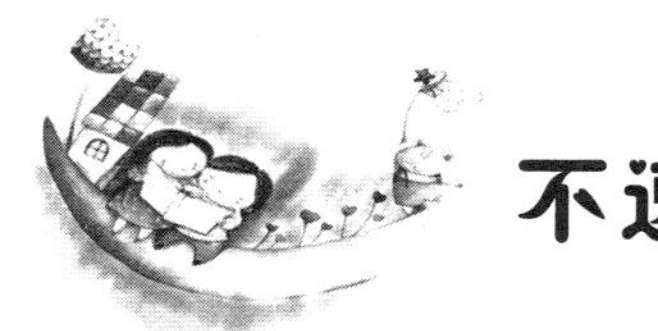

不速客

吓了我一跳！

他没有敲门，而是推门、或者说是撞门而入，黑色幽灵似的站在我面前，黑黑的赤裸着的上身，黑黑的面孔，他大汗淋漓，靠近我的身体辐射着燥热。那时我正用电脑写字，这位不速之客确实吓了我一跳。

没想到他叫了我一声小名儿！

我问：你是谁？

他说：他叫大孬，老家里来的人。

老家我已经很陌生了，留给我的，只是童年的印象，街道坑洼不平，鸡犬、猪猡满街跑，赤着脚走在连绵秋雨的街道上……那印象至今还黏糊糊得沉重。

大孬从他手上的那个黑包里掏着，掏出来一袋桃子，他把他的礼物强加于我了，接着便开始说事儿：你能不能把这个广告叫电视台播了？我的儿媳妇得了葡萄胎的病，住院要花八九万，住不起，让电视台播了要人们赞助赞助。他说着递给我一张纸，我看看上面歪歪扭扭的字迹，大致和他说的情况一样。

我差点笑出来，好像我就是电视台台长，我说播就播了？

大孬接着说他在电视上看到了一个节目，对，就是那个说说老百姓自己的故事的节目，里面有个女孩得了病，在什么因特儿网上，遇到了一个男人，一下子给他汇来了一万块，所以，我才来找你到电视台播这个广告。

哎呀！真了不得了。眼前这个貌似木讷的老农民，新闻嗅觉竟然这么发达，发达得竟然异想天开！好像谁一有病给别人讲了，天上就会掉下来馅饼。

同时我对他的行为感到别扭，感到有些生气，便没好气地说：电视台我不认识，不过你可以自己去找。我心想，叫这个老土冒儿去出出洋相。

大孬在我这里讨了个没趣，说那你忙吧，我走了。我只是坐着用目光送那黑油油的脊背离去。大孬走了，我看着那放在桌子腿儿下面的那袋桃子，心里很不是滋味……

时间久了，这件事我也很快地遗忘了。

两年后，我骑自行车到市里办事，在街道旁的小摊上，我瞅见了一张黑油油的面孔，大孬！就是大孬。他正在路边卖煮熟的老玉米。他这个时候也正看到我，又主动喊我一声小名儿。

我说：你儿媳妇的病情怎么样啦？大孬沉下脸，好一会儿才蹦出两个字：死啦！

他说：死了就省心了，用不着想法子想得都走火入魔了，这人哪，什么法子都是命催着想的，没有命就不用想法子了。

我突然产生了一种强烈的复杂的感情冲动。

大孬说：过去的事儿就不提了，不提它了。

我有些后悔，那个时候还不如帮他到电视台找人发那个广告试试呢！

更让我懊悔的是，一个偶然和老家乡亲叙话的机会，提到了那个大孬，才知道大孬的爹在一九三九年救过我爷爷的命，那时我爷爷是八路军，日本鬼子追他的时候，他被乡亲们藏起来，日本鬼子架起了木柴火，把大孬的爹捆在火堆上面烤屁股，烤得满街都是烧熟的肉味儿，可是大孬的爹就是不说出我爷爷藏在什么地方……

这件事大孬原本是知道的，可他就是没有对我提起！

我突然想起他说过的一句话：过去的事就不提了，不提它了……

只不过是一方遗忘了，而另一方不愿意提起罢了。

人 物

柯心大夫走进手术室，他想，院长亲自安排他做今天的手术，不知病人又是什么样的人物。

这些年，凡由他主刀的手术，病人大都是有头有面的人物，特别是今天这个割盲肠的小手术，受术者大概就更是人物了。因为他平时做的，大都是剖腹开胸的活儿，他是本市第一把刀，省政府特殊奖金的获得者，能接受他主刀的病人，无疑象征一种荣誉和地位。

躺在手术台上的却是一位年青的妇女。

注射了麻醉药品，那妇女的身上已浸出一层凉凉的汗水。柯大夫安慰她说："不用害怕，就像是被蚂蚁叮了一下一样。"说话时手术已经开始，剪钳器具叮叮当当的响。病人的情绪倒安定了许多。

柯大夫的手术刀，在病人的肌肤上灵巧地舞动。他的思绪也飞到了三十年前的一张手术台。那也是一个盲肠手术，病人也是这样一个年青的妇女，这是他大学分配到医院接受的第一个病人。手术刀剖开病人白皙的肌肤，他的手有一些哆嗦，头上浸满了豆大的汗滴，他无法找到盲肠的部位，于是让身边的老护士去求外科的一位权威。老护士回来后，脸色沉沉的，没有说话，只是从他手里接过手术刀，代替他艰难地做完了这次盲肠手术。

他脸色潮红，纳闷地问那位老护士，那位权威为什么没来，护士就把那个权威的话告诉了他："大学生找不到盲肠，笑话。"

这句话像一把刀子，割着他的心灵。那伤口久久没能愈合。从那个时候起，他便对大人物有一种腻烦，人成了人物就变了，变得冷漠，变得高傲，变得没有了人情味儿。

他从此暗暗地苦练，没有技术，就意味着耻辱。

医院的西墙外边是一片杏林。他咯吱咯吱踩着积雪，偷偷地从那片杏林拾回丢弃的死婴，放在自己的床下，夜深人静，他在一盏橘黄的灯下，一刀一刀演习解剖……

往事如烟。到如今他也成了一位名医，成了受人尊重的人物，但他却没有名人的架子。

手术台上，那位妇女哆嗦了一下。

“痛吗？给你再打点麻药。”其实他并没有再给病人打麻药，他懂病人的心理，他用得也是一种心理疗法。病人的脸上渐渐显露出红润的笑。

手术迅速地做完了，助手缝合着刀口。柯大夫摘下手套，走到旁边的水管下冲手。

病人扭过头，两只眸子蓄满了感激，望着柯大夫，轻声地道谢。

柯大夫回报她一个慈祥的微笑：“回去别老躺着，适当活动。”

助手边缝合着刀口对病人说：“告诉你吧，柯大夫做这样的小手术，除非是极特殊的人物。”

病人说她真是荣幸，她仅仅是一名小学教师。

柯大夫听了，又走上前来，细心观察已缝合的刀口，能为这样一个平凡人，特别是一位教师做手术，他觉得十分高兴。因为多少年来，他的医术总与那些大大小小的人物，或者说是特殊公民相联系，他感到厌倦，他羡慕平凡的医生，为那些平凡的百姓治病。今天，他也品味到了这种幸福。

病人被推出了手术室，柯大夫和助手也走出手术室。

手术室外聚满了人群。大家正向推车上的年青妇女问候。一位老者走到柯大夫对面，胖胖的脸冲着柯大夫笑。

柯大夫也勉强地笑了。因为站在他面前的是一个大人物，本市的卫生局长，也正是当年他做第一个盲肠手术时所求的权威。局长拍了拍他的肩膀说：“小柯，辛苦你啦，病人是我的儿媳妇。”

柯大夫愣了一下，此时他的心情异常复杂。他想起了三十年前的那一幕。之后他面无表情：“咳！辛苦啥，生就的辛苦命。”然后到病人面前，冲那位年青妇女的脸轻轻地说：“你呀，原来也是一个人物。”

说罢，柯大夫朝楼道深处走去，没再回头。

车马炮

德欣说："你这匹死马，我暂不吃你。"他说着攻小卒，又攻，再攻……残局上的小卒已是兵临城下。德欣洋洋得意地看着红棋憋在仕脚里的那匹马，确是瓮中之鳖，自己的老将一崴就吃了，可他不吃，他要叫对方输得心服口服。

杨喜良就剩下车马炮了，而且那马还是匹死马，这使得他捉襟见肘，但仍耐心寻找着机会。

德欣是车务段段长，杨喜良是老调度，两人私交甚密。他们什么话都能说，一边下棋一边说着车务段的事情。

旁边还有一位观棋者，叫李来顺，李来顺观棋不语。

几十天的春运，搞得焦头烂额，难得老朋友一聚。杨喜良说："你看咱仨，像是这棋，你段长是车，我是这炮，都还厉害，来顺像这匹马。"德欣和杨喜良都笑了。李来顺不笑，只静静观棋，在车务段，三十年前是个兵，三十年后还是个兵，尽管他书法绘画，弹拉说唱无所不能，也卖力气，却没有提升，真的就像憋在仕脚的那匹马。可李来顺没有怨言。

德欣段长说："稍停，我去撒尿。"

德欣撒尿去了。

杨喜良说："德欣的棋厉害。"

李来顺说："我不尿他。"

杨喜良说："你吃亏就吃在了这个脾气。"

论关系李来顺和德欣段长不错，之所以不错，才没有客套，有人没人，不喊段长，就叫他德欣，他想，这才是哥们儿。

可当了领导，谁没有个自尊心啊。杨喜良说："德欣工作还是有水平的。"

李来顺又说："我不尿他。"

德欣撒尿回来了，继续下棋。

李来顺说："我也去撒尿。"

趁李来顺撒尿的工夫，杨喜良对德欣说："咱们段里，数来顺最冤，什么苦活儿累活儿都有他，你可该提拔提拔他。"

德欣说："我快退了，我不想管。"

说得杨喜良不高兴，"啪"地一声敲得很响，"将！"杨喜良在车的后面安上了炮。德欣的将想躲，却躲不了，往哪儿躲都在那个死马的脚下。

德欣"哎呀"了一声，没想到这盘棋输到了这匹死马上。

李来顺回来了，大喊："输得好！我早就看出你要输这一招儿。"

棋散，仨人叙话。李来顺说："咱仨，你们都混得好，是车，是炮，我是这死马，可死马也有置死地而后生的时候。"

德欣略有感慨："来顺啊，我对不起哥儿们，可也怪，咱仨人怎么就这么好呢？"

李来顺说："咳！这怪啥呀？都吃过苦，你不记得你当司机，我和杨喜良当司炉，从阳泉跑石家庄，四个钟头要填十二吨碳，那累呀，我和杨喜良都不想活了，是不是呀喜良？"

杨喜良说："是，吃苦是咱们的根本。"

德欣似有感悟："这样吧喜良，趁我还没有退，是该把来顺提拔一下，也算了却心事一桩。"

李来顺"哈哈"地大笑起来："错了，错了！谁稀罕你那个提拔，倒找我钱我也不干。"

德欣瞪大了眼睛："此话怎讲？"

李来顺说："这么讲吧，俺李来顺是神仙日子，每天五点起床画画，然后跑步，再然后看日出，看完日出早饭喝一两小酒儿。"

"咳呀！"杨喜良似悟道："你李来顺让我想起一句话，壶里乾坤大，袖中日月长，神仙、神仙！"

德欣无话，又来了下棋的雅兴，"再来一盘！"他拽着李来顺下棋，结果连输三盘。李来顺不下了，说德欣段长臭棋篓子。德欣还不甘心。

李来顺说："要下，就此一盘了，我让你车马炮。"

德欣段长犹豫了一下说："好吧。"

棋子的敲击声又响了起来……

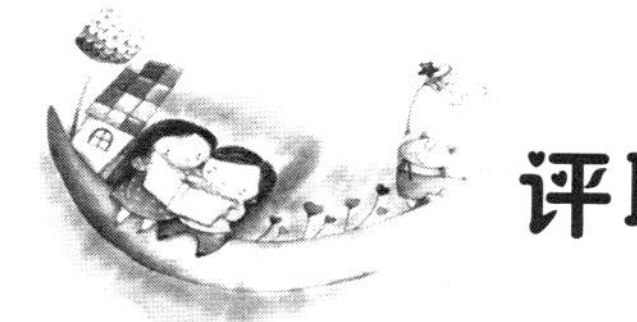

评职称

文曲生原本书香门第，他爷爷民国时在直隶省一所师范学校当校长，是当时的名人，国民党往台湾跑的时候，兵荒马乱，他站在校门口看大兵们撤退，一位营长骑着马，在他的身边勒住了缰绳，原来是他的故交，营长说："你还看什么看？你地主身份，不怕共军来了诛了你的九族?"说完把他拽到了马背上，跑到台湾杳无音信了。

共军来了并没有诛他的九族，那时候缺人才，文曲生的爹教书教得好，扫盲中还立了大功，于是从小学教师提升为校长。但世事白云苍狗，文革的时候不仅被成分所累，还被其跑到台湾的父亲所累，愣是顶上了一个特务的帽子，脖子上挂着几十斤重的牌子游街，挂在脖子上的铁丝深深地勒在肉里，差点儿勒断了脖子筋，实在受不了就自杀了，自杀了还被拉着棺材游街。至今那一幕让文曲生想起来心里都哆嗦。

文曲生考大学的那一年，三十岁，已有当十年砖瓦工的经历，考试的分数还不错，但那一年出了个张铁生交白卷，分数作废，靠工农推荐，文曲生所在的建筑队，领导是一个好心人，看着戴副高度近视眼镜的文曲生，瘦瘦弱弱的身子，站在高墙上摇摇晃晃，一阵风吹下去就可能被摔死，说他不是干砖瓦工的材料，就推荐了他上大学，当时文曲生野心不小，报考志愿是清华和天津大学，可体检的时候看那张色盲检查图，愣是把五角星看成了大公鸡，体检医生告诫他说他不能上理工科，甚至连农大也不能，只能上师范类院校。所以文曲生便继承了家庭的衣钵当了老师，一当就是二十五年，如今头发都白了，但仍然是一个老讲师。

别人问他："老文哪，今年报了没有?"

他知道"报了没有"是指申报没申报副教授。他摇摇头，怎么回答好呢？怎么回答都不好，为什么不申报？说没有论文？那是很让人尴尬

的事情。每当这时候他的心里就不是个滋味，前些年没有强调论文的级别，就是在本校学报上的也就可以了，但那时候评职指标紧，他不愿意和别人拥挤，弄得脸红脖子粗的。可现在不行了，打分，得看论文的发表级别，省级或国家级的才行。自己有吗？没有！没有还凑什么热闹？他文曲生知趣。他想，当一辈子老讲师吧，人不认命不行，就是一辈子老讲师的命了。

可他的老伴不干，嘟嘟囔囔地说：“你挣多少钱？人家年纪轻轻的挣多少钱，那职称是职称吗？那是钱，你个老窝囊废！”

吵得文曲生就去找管职称评定的领导，他说：“你看看我，这一辈子算混砸了，混的鬼不是人不是，干了一辈子还不如年青人，年青人都评上高职了。”他点了好几个年青副教授的名字。他去找只是找找而已，说说心里的郁闷而已，并没有一定要评。

管职称的领导很同情他，同情归同情，没办法的事，所以劝他：“老文，你怎么平时不写写论文哪，你不是没水平，你是怎么回事？”

文曲生摇摇头，没说怎么回事。

他说的关于他还不如年青人的话，被几个年青人知道了，是领导说了出去？还是他在其他地方说露了嘴？反正说到谁谁就对他不高兴，年青教师在公开场合或私下场合，都对文曲生耿耿于怀。在系里的教研会上，终于有个年青女副教授向他发难了，当然没点他的名，只是说：“有人评不上副教授就拿青年教师发泄，评上评不上是水平问题，不是年龄问题，评副高职是评科研成果，论文，不是评年龄。不写论文是因为没那个水平，写不出论文，就别吃不到葡萄就说葡萄酸……”

这让文曲生真难受。

他站起身，甩袖而去。

不一会儿他又回来了，怀里抱着一大摞纸。他说：“我是说了关于年青教师评上副教授的话了，这是我的不对，但我不是没有论文，我有，这些都是我老文的论文！我就是没有发表。想知道我为什么没有发表的原因吗？我吝啬，我舍不得掏那个版面费！”

看的大家、说的大家都哑口无言。原来这个老文顾及的是他的面子，大家都明白，如今发表论文，或者其论文评上什么奖，全都得掏钱买。

老文说：“每篇二三百甚至五六百元的版面费是不少，但我老文没

卖，我老文的骨头没那么贱!”他的脸说得通红，脖子上的青筋都鼓了起来。

后来，校方管科研的部门，审阅了文曲生的论文，都为此叹为观止，把其论文推荐给了有关刊物，在学术界产生了不小的影响。

第二年，文曲生仍没有报副高职。

别人问他：“你为什么不报啊？你的东西可都是沉甸甸的呀!”

他摇摇头。

老伴仍然嘟嘟囔囔。文曲生不再逆来顺受了，他说：“你还嘟囔？你要是还嘟囔嫌我挣钱少，那好，咱们离婚。”

老伴哭了。

文曲生说：“我这一辈子算瞎了眼，我是色盲，色盲还不是半个瞎子吗？找了你这个爱钱的女人，还投错了胎，投到了这个书香门庭。”

说完他开始写信，他是给在师范大学的儿子写信，信的内容是让他的儿子退学，退学了明年重新高考……

谁都不知道文曲生的内心深处，有着多少强烈的思想。

陈跛子

陈跛子在县文化馆画漫画，画到知天命的年纪，他的画一张张叠起来，从屋地到房顶像柱子，支撑着他家低矮破旧的两间土坯房。

人们笑话陈跛子穷，也笑话他的瘸，见他的瘸腿画着圆弧走时就冲他开玩笑："跛子，这个圈画得不圆，重画。"

陈跛子只是笑笑，人穷志短，马瘦毛长，对人们的讥笑他已经习惯了。

陈跛子的媳妇却对丈夫好，不笑话他，还挺贤惠，地里的活儿家里的活儿俩肩膀挑着，柔柔软软的话让跛子一把一把地攥得住攀得着，让跛子觉得踏实有依靠，媳妇的脸很白皙，她"噗嗤"一笑，就像蓦然怒放香气醉人的一朵花，什么苦啊累啊跛子全没了。

别人说："跛子有艳福，真真是一朵鲜花插在了牛粪上。"

陈跛子媳妇说："才不是呢！男才女貌，俺老陈有才华。"

陈跛子越发觉得对不起媳妇，都结婚三十年了，媳妇的户口没转进城，至今还是向阳花一朵。

一天，陈跛子的家来了两个香港人，西装革履，翻着陈跛子的画叹声连连："陈先生的技法炉火纯青啊。"

那话语拂得跛子心尖发酸，瞧瞧媳妇，也两颗泪珠在黑睫毛上，忽忽闪闪地亮。

港人出大价钱买走了陈跛子的画中精品，十张漫画卖了五万元，顶陈跛子好多年的工资！跛子媳妇也在别人面前夸："看看，俺说俺老陈有才没错吧，知夫莫如妻！"

陈跛子的地位突然高了许多，人们见面不再喊他跛子，而喊他老师，喊他先生，上门求画的人来来往往。自然是有求必应，陈跛子第一次觉得自己是个画家。

眨眼就过了半年，县文化局长来家，说要给跛子举办个人画展，跛子狠狠地掐了自己一把，看自己是不是白日做梦，然后他挑出一百张作品交给文化局，要是不卖给两个香港人那些画，或许这画展会办得更精彩呢，他真后悔。

知情人凑他耳边说："你后悔的事儿还多呢，你猜猜那香港人买你的那些画在海外卖多少？"

"一幅就卖五万元呢！"

"这当真？"陈跛子的脸色僵住了。

"可话又说回来，如果香港人不买你那些画，可谁知道这儿还有一个漫画家呢？"

想想是这理，陈跛子不悔了。

画展办得热闹。新闻记者、出版社编辑、省市美协的都来助兴，特别是县长县委书记官员们的大驾光临，给了陈跛子天大的体面。县长还领来了上海一位漫画大师给跛子作介绍："是老先生在海外见到了你的画，向美协推荐了你，老先生是伯乐。"

漫画大师对县长的话不屑一顾，只是一个劲儿的同陈跛子聊。

瞅瞅被冷落在一边的父母官，陈跛子心里发毛，日后媳妇转户口的事还得求求他们，漫画大师最尊贵，却远水解不了近渴，跛子想。参观完画展后是开座谈会，跛子发言，别人发言，县长讲话，大伙讨论，然后进餐厅吃酒席。

杯碰杯，叮叮当当一片脆响。

陈跛子挨着桌劝酒敬酒，乐融融醉在眼里心头，走到县长的面前，陈跛子突然无语，扬起脖子连灌了六杯。

县长当众赞誉陈跛子是县里的人才，宣布是人才就应晋级重奖。

陈跛子摇头："俺陈跛子一不要金银二不要名声。"

"那你有什么要求尽管讲。"县长说。

陈跛子突然倏然泪下，大声地对县长说："俺求县里按政策转了俺媳妇的户口，行不？"

餐厅里荡起了一阵嬉笑，然后是热烈的掌声，哗哗如雨。

媳妇在一旁拉拉跛子的衣角，红红着脸说："瞧你瞧你，醉了！"

漫画大师要同陈跛子夫妇照相，县长说："县里的同志也想同老先生照，留个念想。"

展厅外的阳光下，人们蜂拥着找位置。陈跛子不知道自己究竟往哪站，他想他是小人物。

漫画大师把他和他媳妇拽到身边，一只胳膊搂着陈跛子，另一只胳膊揽着他媳妇，然后冲县长和其他的官儿们朝地上努努嘴："你们都蹲这儿!"

……

"咔嚓!"陈跛子的酒一下子醒了。

洗出来的照片像漫画，怎么看怎么惹人逗：漫画大师白发朱颜神采飞扬，左右两边的胳膊里是陈跛子和他的俊媳妇，像两个巨大的惊叹号，插在蹲在地上的人们的身子后。蹲着的父母官们表情各异，或尴尬，或调皮，或欢喜，或惆怅……

陈跛子用手轻轻拂着那照片说："唉！都屈了你们了，屈了!"

小板凳

伯成老人退二线后才知道，这原本是神仙过的日子，悠闲了，滋溜几口二锅头，睡个云里雾罩乾坤倒转。想活动筋骨了就种种花浇浇菜，清鲜鲜的空气里清清嗓子，唱梆子哼二黄。星期天节假日，孙男嫡女金玉满堂，只是吃饭的人多了，座位显得紧张。儿女们建议：照着挂历上家庭客厅的样儿，买一套西式餐桌椅排场排场。伯成老人不同意，吃了几十年的饭，低桌低凳坐惯了："找木匠做几把小板凳不就得了。"他说。

踏着夕阳金辉，伯成在校园草坪上散步，碰上聂木匠，他说："喂，老聂，抽空给我做几把小板凳。"

他说话很仗义，因为聂木匠是他还是校长时留下的，说是临时工，可这一临时就临时了三年多。

他是看中了老聂的手艺，给学校干的活，楔是楔，铆是铆的，是个树根疙瘩，在他的手里也能摆弄成龙飞凤舞的艺术品，瞧瞧给他家中做的那套卧室家具，比得上别人花几千上万元买回来的名牌货呢！

聂木匠冲伯成笑笑，这时候他正和一个细瘦的小伙子拉着排子车，参差交叉装了一车的木材，他冲老校长点了点头，说："行。"额头抖落下亮闪闪的几滴汗珠。

伯成想聂木匠是个可靠人，没再催，但是他足足等了半个月的时间，小板凳还是没有送上门。

儿孙们吃饭时，先是抢座位，抢不上的就蹲着凑合吃，都埋怨伯成："等你的小板凳得等到天昏日头老啊？"

伯成被一口饭噎得说不出话。

又见到聂木匠时，憋不住问他："小板凳做了吗？"

聂木匠一脸歉疚，说："还没做哩。"

伯成的脸一下子耷拉得好长好长，瞧着聂木匠离去的背影，伯成觉得胸闷气短脑门子冒火，这是他退二线后第一次求人，而且求得是他留下来的聂木匠，由不住又联想起，过去他的家门庭若市，而今上门的客人寥寥，这世上的人当真都是这样的眼皮薄？

像是一个跟头从云里雾里跌到地上，跌得他恍恍惚惚，从此发蔫打不起精神。喝二锅头时不再是“滋溜”而是一杯一杯地灌，灌得眼睛发黑脑子发木才觉得痛快。

醒来的时候，有一个客人坐在沙发上，他揉揉眼睛才看清是那天和聂木匠一起拉车的小伙子。

见他醒了，小伙子站起来笑笑说：“老校长，家里有啥木器活儿，尽管说。”

伯成老人才知道这小伙子叫孟良，是后来的小木匠。

他说他需要几个小板凳。

孟良在阳台上摊开工具，然后跑上跑下找来木料，汗珠儿伴着木花飞舞。伯成细细地为小伙子冲茶，说：“孟良，你可比那个老聂强多了，那个老聂不是东西！”

这是伯成第一次骂人，骂了这个不是东西，他心里痛快。

孟良没说话，只是笑笑，干他的活儿。

第二日孟良又来，伯成早已把小伙子视为知己，说话中还是离不开那个老聂木匠，伯成说：“老聂那人真看不出来，我是校长时他那样殷勤，没了乌纱帽，他老聂见了我下眼皮子也肿了，真想不到。”伯成说新任校长是他让贤提拔的，他已经给校长说了，老聂这个人不能用。

孟良手里的活干得利索，做好的小板凳齐刷刷地摆在阳台上，亮亮白白看得伯成心里很乐。

有人敲门。

伯成开开门，没想到竟是聂木匠，头上肩上挂着细碎的刨花，手提一个漆桶，说是看小板凳做好了没有？

孟良见聂木匠走进来，慌忙站起：“你来了，爹。”

伯成心里扑嗵一下，愣了神，原以为孟良姓孟，没想到聂木匠竟然是孟良的爹！聂孟良！他回味起对聂孟良说老聂那些难听话，脸唰地一下成了红绸布。

老聂蹲下，给小板凳刷漆，边刷边解释，这段时间校长让他给学校赶做仪器架子，说是为了联合国的贷款，迎接教科文组织来视察，不能耽搁，所以这小板凳让儿子来做了。“真是对不起。”老聂刷着漆说。

伯成老校长半晌说不出一句话。

父子俩干完活儿出门时，他突然说：“明儿中午我请你俩的客，到家来啊！”

聂木匠说：“不用了，明儿一早我们要走，学校没活儿了，校长让我们走。”

“这……这……我去给校长说说吧。”

“不用了。”老聂说：“劳动人到哪儿还不是卖力气换饭吃！”

他笑笑，笑得很坦然。

聂家父子走了。

回到屋里，伯成看着那刷着紫红新漆的小板凳，心里不好受。

他大声地呼唤老伴：“有酒没有？弄点儿来！”

灶　王

伙房里热得像个蒸笼，光线也很暗，墙面上黑黑的，斑斑驳驳的。

柴二正把一大盆玉米面糊倒在一个沸腾的大锅里。这是一口奇大的锅，很深，装在灶台上，齐了柴二的下巴。他倒进面糊，然后登着板凳站在锅台上，用一根粗大的木棍在锅里搅着。

“柴师傅。”有人在下面喊他。柴二听出是校长，只“嗯”了一声，却没有扭头，依然专注地搅着面糊。

“给你商量个事儿。”校长说，“想让你到门岗去干，你都做了这么多年饭了。”

搅糊的木棍骤然停下来，柴二扭过头来，他的脸黝黑，张了张嘴，没有说出话，白眼珠和两排白白的牙齿，镶在那张黑黑的布满皱纹的脸上，很茫然。

“你在咱学校都做了二十多年的饭，换换活儿吧。”

校长往下的话，柴二没有听见，他慢慢地从锅台上下来，走近校长，凑到他的脸边，低声说：“嫌我老了吧？是嫌我老了没有用了是吧？”

校长向他解释，他没有听进去。“不让我干可以，”他粗声地说：“那我得把这口锅拆走。”

校长尴尬地苦笑：“这，这怎么可以呢。”

“怎么不可以？这锅，是我柴二的。”

校长摇摇头，无奈地苦笑。据说，这口锅是柴二在二十多年前带来的，那时候学校刚刚成立，招炊事员，一个三十来岁的男人，拉着一口大锅来到了学校，说如果让他做饭，它可以捐献一口大锅，这是他家的祖传大锅。

柴二就是这样当了学校的炊事员，他以这口锅为自豪，他的爹用这

口锅为八路军做过饭，他的爷爷用这口锅为义和团做过饭，他想用这口锅为学生们做饭，要是饭锅闲着不做饭了，那还有什么用处呢？

他如愿了。

那时刚刚恢复了高考，这所新建的学校，升学率很高。教育局把烫金的匾牌挂在了学校的办公室。柴二在这口大锅旁，也贴上了一张灶王爷。校长说，这是迷信啊，揭掉吧。柴二说：揭不得揭不得，学生考上大学，是因为吃这口锅里的饭。弄得人们哭不得笑不得，只好睁只眼闭只眼作罢。

柴二站在灶台上面，机械的、熟练地作业，日复一日、年复一年地在大锅里搅着面粥。他上灶台，开始一步就能蹿上去，后来借助于板凳上灶台，慢慢的，他的腿开始哆嗦了，上上下下就很难了，

厨房外面每到开饭的时候，都叮叮当当地饭盆响："老柴头儿，你做的饭有一股马尿味儿！"

学生嚷什么难听话的都有。柴二只是不做声，心里边想，现在的学生，生活好了，难伺候了，饭难吃这能怨我吗？学校买回来的米，都是虫子。

柴二用自己的薪水，从市场里买回来上好的新米，煮在锅里。

叮叮当当的饭盒声依然敲着，"老柴头儿，老柴头儿，除了熬粥还是粥。"学生们起哄，哈哈地笑。正在给学生们盛饭的柴二不说话，他的表情像是笑，又像哭着，黝黑黝黑的面孔上，白白的眼珠，白白的牙齿格外地鲜明。

学生们都去了上课了，校园里静悄悄的。柴二来到绿荫荫的草坪上，剜着草坪上漫长出来的野菜，然后细细地择着，在水龙头下冲洗干净，为学生做了一顿面条野菜汤，很鲜。

"老柴头儿，还有吗？"学生们纷纷围起他继续要汤吃。

他登上灶台，用大勺把锅底的面汤舀在盆里，盛在学生们的饭盒里。

之后，他天天到草坪上剜野菜，每天为学生做一顿野菜面条汤饭。伙房外面又响起了饭盒声和学生们的哄笑："老柴头儿，你把我们的脸都喝绿了，有肉吗？"

柴二从哪里弄肉呢？学生们的伙食费就这么一点儿。

这时候伙房里面正有两只鸡在啄食，柴二关上门，抡起搅饭棍，抡得满食堂都是纷飞的鸡毛……那天的晚饭，学生们都说面汤香，有的和

他开玩笑："老柴头儿，伸出手看看，是不是切菜切掉了几根手指头？"

第二天，一个胖女人找到伙房，是教务长的老婆，骂他："你这个偷鸡贼，有脸没有？""嘿嘿、嘿嘿……"柴二苦笑着，从衣兜里面掏出两张皱巴巴的票子："陪你钱，还不行吗？"

女人夺过那钱走了，边走边嚷着、骂着："瞧瞧你这张黑贼脸……"

骂得柴二胸里鼓囊囊的，他登上灶台，站立在上面，用那根光溜溜的木棍，全力以赴地搅着锅里的面粥，搅着，匀加速地搅着……

校长又来找柴二了，说已经决定了，要他到门岗，这是校领导班子定了的，至于那口大锅，他可以拆掉。

"不能变吗？"柴二问。

"不能变了。"

柴二点点头。他说："门岗的活儿我不干了，我就会做饭，不叫我做了我就回家吧。"

"你再好好想想，你是咱们的老职工了。"校长说。

柴二说他有一个要求："让我给学生们再做一天饭，行不行？"

校长说行。

当天晚上，柴二把一大盆面糊和在沸腾的大锅里，然后吃力地登上灶台，用那根伴了他二十多年的木棍，在大锅里搅动，搅动着……

开饭的时候，不见了柴二，学生们起着哄，然后拥挤到厨房里自己淘面粥，纷纷骂老柴头儿。

有人大声地喊："快来看呀！老柴头儿掉到锅里了！"

人们拥到灶台旁。那口大锅的面粥里，隐约露出柴二的躯体……

学生们都不忍心地低下头，盛在饭盆里的面粥，洒满了厨房内厨房外，他们用饭粥为柴二祭奠。

校长说："别难过了，同学们，这是我们的灶王爷，上天言好话去了。"

那口大锅，在以后的日子里依然使用着，学校的升学率，每一年都是名列前茅。

到后来人们有了这口大锅的传奇：这口大锅有三条人命的灵性，因为给八路军做饭的柴二的爹，还有给义和团做饭的柴二的爹的爹，都被东洋鬼子和西洋鬼子烹死到这口大锅里了。

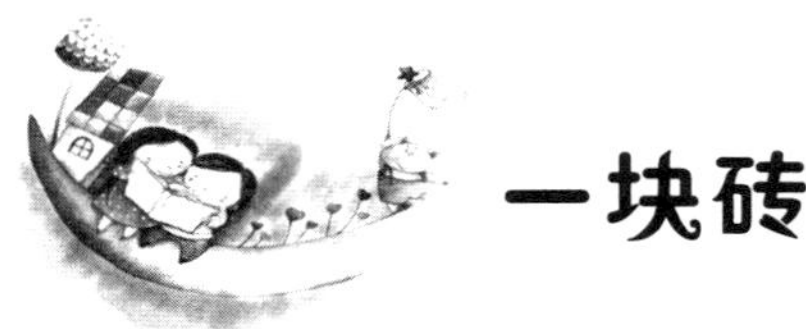

一块砖

单位里搞人事干部制度改革，通过演说答辩民主评议的方式，竞争中层干部的岗位。

参加竞争的人多，会议就成了马拉松，领导、评委和代表的屁股，都坐疼了。但竞岗者的演说很来劲儿，都踌躇满志地讲着。因为，凡参加竞岗者，大概都以为，自己是一个人物，只是平时没有显山露水的机会，这一次有了，谁不是好好表白一下自己呢。

有一个人，这里就代称为同志吧，同志头一轮竞岗失败了，第二轮索性报了两个岗，所以就得准备两份材料、进行两次竞职演说。同志讲完了第一份演讲稿，然后别人接着讲，再然后又是同志开念第二份稿子，会场里嗡嗡嘤嘤地有了笑声。但不管怎样，其精神是难能可贵的。

同志的发言，很是有特色，一个词一个词从嘴里蹦出来，就像是枪膛里蹦出来的子弹，很猛烈、很响亮。讲得会场里的人很快活。与会的人，无论台上或台下的，都是有头有面的人物，他们对这位同志，有着决定其成败得失的权利。

同志讲了他辉煌的历史。其中，他当过兵，而且当得不是一般的兵，在中南海，确切地说是在新华门站岗。无论谁听了，都在心里说：嚯！

原来同志也曾经是一个人物呢。只是现在在单位里做保卫，不是人物了。所以同志才不留余力败而不馁地参加竞争，如果争到了什么长什么主任的，恐怕也会在台上台下笑话别人了。

实实在在地说，参加竞岗者都有不同的优势：靠才华，靠成就，靠关系，等等。而这些，这位同志却没有，他的存在，平淡的像一潭水，细细想想，他的特点是，对人和蔼，听话，叫干什么就无怨言地干什么，但百分之百地不会拉关系，特别是不会和领导拉关系。

大概正因为如此，他的第一轮儿竞岗失败了，第二轮索性又报了两个岗。这说明他对自己是心中没数的。有把握的人，胸有成竹的人，是不会同时竞争两个岗位的。

同志竞岗的演说，逗得人们很开心。

但同志依然严肃认真地讲着，依然讲得很猛烈，很响亮，像是枪膛里射出来的子弹。

演讲之后接着是答辩，要回答评委提出的问题。有人把条子传到主持人手里，问：你同时竞争两个岗位，某某岗和某某岗，你究竟想得到哪一个呢？

笑声。

同志没有笑，很猛烈地、很有力地、毫不迟疑地回答：革命战士是块砖，哪里需要哪里搬。

更大的笑声。

同志依然没有笑。有什么可笑的呢？他说得是一句心里话啊。

细细一想，同志说得有道理，又有谁，不像是一块砖呢，只是砖和砖不一样，有的修在了城楼上，有的去铺了下水道。而已。

砖们，别笑了！

帽　子

高阳教授要逛逛这条有名的大街。

此时仍是飘飘洒洒满天的雪花，大街上失去了素日的喧闹和繁华，所有的一切都包裹在厚厚的洁白里，他的两脚惬意地在雪上踏出“噗噗”的脆响。教授追寻的就是这种意境和趣味。他深深地吸了几口携带着湿润的清冷空气，然后庄重地摘下头上的那顶帽子，用手指弹去帽沿上的雪花。

这可不是一顶一般的帽子。说它是一种资历和权威，说它是一种骄傲和荣耀，说它千金难买，无论怎么说它都不过分。因为此帽乃一位外国总统所赠，那年出访讲学，那位总统屈尊拜访高阳教授，赠下这顶帽子作为纪念。如今戴在高阳教授的头上，那该是怎样的份量怎样的体味！

然而高阳教授并非轻易戴这顶帽子，只有遇到重大庆典和事情，比如今天受聘到这所名牌大学作报告，他便不能不戴上。

他走上讲台走下讲台或是报告之中的每一个停顿和间歇，都有雷鸣般的掌声。台下无数张面孔几乎同一种表情：渴求和崇拜。并非所有的人都在聆听他的学术观点，但却没有哪一个人不注意他头上的那顶近似皇冠的帽子。那帽子是一种象征，如果不是高阳教授学问高深造诣非凡，外国总统岂能向他求教以帽相赠！这使得所有的人，同行、领导、学生……见到高阳教授都十分恭敬。他常常被这些学生围得水泄不通，问这问那问得他头昏脑涨。

无论到哪儿，食有山珍海味，寝有高档卧室，行必轿车相伴。这世界上许许多多的好东西：权力、金钱、名誉、地位……最最重要的是能受人之尊敬。如今教授拥有这东西，踩着这“噗噗”直响的雪路，他的头颅抬得高高，腰杆挺得笔直，内心世界极富有。他今天上街究竟干什

么？不知道，他只是毫无目的在街上转转。整天泡在近似膨胀的氛围中，他需要这洁白世界的清静和新鲜。

稀稀落落的小汽车大汽车碾着雪缓缓驶过，大街上行人很少，偶尔有人同他擦肩而过，教授注目他们的衣裳和步履，但人们对他却视而不见不屑一顾。他把手里的帽子缓缓地戴在头上。

一阵清冷的风兀然吹来，吹落了他头上的帽子。他弯腰去拾，那风却抢先一步推动帽子在街上滚动疾行，就像一轮风筝。

前面是一个公共汽车站，站牌下一群人在寒风中跺着脚等车，见到随风滚来的帽子，一个个蜷缩在衣领中的脖子骤然伸长，兴高采烈地欣赏眼前的图画。追赶帽子的高阳教授此时已是气喘吁吁：“帽子，帽子……”

——他向人们挥着手喊。

站牌下，一阵哄然大笑。

帽子滚近人们的脚下，哄然声戛然而止，人们伸脖子弯腰排成一行，退着脚给飞来的帽子让开一条去路……

高阳教授此时两颊飞红，他不相信人们怎么会做出这样的举动，这世界还有没有教养还成什么体统！

人群的末头突然跑出一位青年，迎着滚来的帽子做出阻截的姿势，高阳教授心头突然一热，终归世界上还有助人之人！

帽子飞到青年身边，他突然抬起右脚，“噗！”把那帽子重重地踩在脚下。高阳教授的心窝也似被重重地踩了一脚。他愣愣地站在雪地上，像尊雪雕。

那青年走到教授身边：“给你，这是你的帽子。”

高阳教授接过帽子，似哭似笑的表情使得青年大惑不解。

驶来的汽车载走了所有站牌下等车的人，雪地上只剩下高阳教授孤独的身影，他久久地凝望着手里的帽子，凝望着帽子上那个大大的脚印……

桃核儿

"咚咚、咚咚咚。"办公室的门被敲得很响。

谁这么莽撞？项红校长皱皱眉说："进来。"

进来一个男人，瘦弱，满脸的怒气，用一个夹蜂窝煤的钳子，夹着一枚桃核儿说："你的学生办得好事！"

"迟师傅，这，怎么回事儿？"项红问。

"吃了桃子，桃核儿扔到了我家院子里，不能是别人吧？你也该教育教育你的学生了。"他像教育小学生一样对项红校长嚷着，惹得项红有些不高兴。如果老迟不是学校梅雪老师的丈夫，她对他说不了好听的。不看僧面看佛面，好在梅雪已是三十年教龄的老教师了，课教得好，就是她这个丈夫成问题，病退在家里，没事儿就里里外外地找事。此时他正夹着桃核儿，很激动："我正在院子里吃饭，'啪'地一声，差点儿没砸到碗里，可怕不可怕？"

项红觉得好笑，心想，又不是扔原子弹，怕成这样儿？可嘴里还是说："行，我教育教育学生，迟师傅您别着急。"

"那好，"他把桃核儿放在校长的桌子上说："留给你吧，作反面教材。"说完就走出去了。

之后梅雪老师进来了，一脸歉意，声音颤抖着："项校长，你可别介意啊，他就是这么个人，我受了他大半辈子气。"说着就擦眼抹泪儿，鼻音浓浓地哭着："项校长你不知道，昨天晚上我是在办公室睡了一夜。"

项红问："是怎么啦？"

梅雪老师说："还不是昨天晚上咱们和学生家长在一起吃饭，回去十点，不晚吧？老迟把门插了，叫也叫不开，这真是丢人死了。"她抽泣着诉说着委屈，陈芝麻烂谷子的家务事儿，都抖搂了出来。

项红说："走，咱们去找他说理。"

老迟正在院子里打苍蝇。

项红说："迟师傅，昨天晚上您怎么回事？都这么大岁数了，梅老师在外面吃顿饭，有什么错儿吗？"

"有错儿！"老迟瞪大了眼睛："大吃大喝还不是错吗？腐败！"

"哎呦！"项红笑了："我们没吃公款，是朋友请客，人之常情的应酬。"

老迟说："那也是有错儿，吃人家的嘴短。""啪！"他又狠狠地打了只苍蝇。他只是在院子里撵来撵去，啪！啪啪！啪……全然不理会项红的劝说。梅雪老师拽了项红一把，"别跟他说了，是对牛弹琴，咱们到屋里去喝茶。"

她们到屋里喝茶去了，喝着茶叙话，梅老师说："一辈子说不对眼，要不是怕他钻死牛角，年青时早离了。"项红说："凑合着吧，能凑合着也就不错了。"俩人说得投机，心情也都好多了。

这时候老迟进来了，看她们说得热闹，电视机里正在播本地的午间新闻，他"啪"地一声，把电视关了："我就不能看新闻，都是些假话，都是吹大话。"

弄得很尴尬，项红想，这个老迟可真是够呛，除了毛病还是毛病，和这样的男人过日子，熬煎！她有些同情梅老师。

老迟这时候在兴头上："你们猜猜，我今儿上午一共打死了多少只苍蝇？"说着拿出了一张划着一大串"正"字的纸："六百一十六只。"

项红说："嚯，是够炒一道菜了。"说着要走，她说得找人安装喇叭，星期一升旗还急着用呢。

梅雪老师说："让老迟干吧，他当了半辈子的电工。"

"行吗，迟师傅，你帮帮忙。"项红说。

老迟说："行！没有问题。"然后就问安装的要求和情况，问得很详细。

老迟没有午休，在学校里转悠了一中午。下午的预备铃刚刚响毕，他来到项红校长的办公室说："我考虑好了安装的事情。"说着递给项红一张纸，上面歪歪扭扭写着字：

配接喇叭可有两种选择方案：

1、配25W喇叭两只，线间变压器必须有500Ω的初级抽头，如没有则不可用。

2、配12.5W喇叭4只，线间变压器用15W，同样初级必须有1000Ω抽头。

注意事项：

1、并股线50或100米。

2、喇叭安装于正中左右两个圆孔内，口向下斜，可用一根角铁横着用膨胀螺丝固定于窗口上，再装喇叭。电线应沿房顶墙角顺楼梯而下通往屋内放扩大器的地方，应用小塑料线卡。

3、话筒应用20米长屏敝线，这样可引往院内，或需更长一点，30米（根据需要定长度）（注意）

项红觉得这个老迟挺逗，笑了："迟师傅，就用第一个方案吧，配25W的喇叭。"

老迟把那张纸铺在项红的桌前："那，你签个字。"

项红说："有这个必要吗?"

老迟说有。

项红"扑哧"一下笑了，无奈地在纸上签自己的名字，签着突然想到了一句话："世界上怕就怕认真二字，共产党就最讲认真。"想着也就嘟囔了出来，她问："迟师傅，你是党员吗?"

他说："我不是，下岗前我写过好几次申请，可我后来也不想入了，那个书记让我烦透了，天天吃请儿，吃公款。好了，不说了，我得赶紧去安装喇叭了。"

老迟攀高摸低整整地忙了半天，干完活儿，天已经黑了。项红想说迟师傅我请您吃饭，可没有说出口。"谢谢您了。"她说；"回去好好歇歇。"

老迟只是看着项红，没动。项红问他："迟师傅，还有什么事吗?"

老迟说："项校长，往我院子里扔桃核儿的事，你给你的学生讲了没有?"

打火机

一家星级饭店的餐饮大厅里，轻音乐柔绵地响着，拌和在人们餐盘和酒杯里，端盘子的是几个穿洁白工作服的小伙儿，轻盈捷快地在餐桌的空间穿梭，为客人们奉上可口的饭菜，都彬彬有礼地微笑着。

在这里吃饭的人大都有一些身份，穿戴，气质，说话的语气，都上档次。有一对夫妇，带着一个十八九岁的男孩，他们的穿戴却朴素，脸上也留着风吹日晒的印痕，看上去是劳动人的家庭，他们点的饭菜很简单。那男人对他的孩子说："吃吧孩子，今天让你享受一下被服务的滋味儿，等明天你就要到这里上班，为别人服务了。"他指指正走在他们餐桌旁的一个服务员："就像他一样。"男人说话时看着那位服务员小伙子，就像是看自己的孩子。

端盘子的小伙子瘦弱，眼睛却很大，向他们送过温馨一笑，然后又为另外一张餐桌上的客人送菜碟了。另一张餐桌上是一对男女，男的很白胖，女的却苗条。他们说话时声音很小，彼此的笑容很甜且浪漫。

这边孩子的父母边吃饭边看那一对男女，他们是羡慕有钱有韵味的生活。母亲对她的儿子说："孩子，咱们家里穷，你爸你妈都没了工作，托人才给你说到了这个饭店上班，明天上班了要好好听老板的话。"她说着眼泪就在眼圈儿里打转，说她的男人："他爸，你说这些端盘子的孩子，吃饭了没有？饿不饿呀？"

正好刚才那个给他们上菜的小伙儿又来给他们倒茶，她说："孩子，你吃饭了没有？你也坐我们这儿吃点儿吧。"

那个小伙子笑笑，摇摇头，又给旁边的那对男女倒茶了。

旁边的那个白胖男人点了一支烟，抽着，欣赏地看着他的女人，说着话……片刻，他们就离座而去了。

不一会儿，那白胖男人又返了回来，在他们吃饭的餐桌上寻找，一边寻找一边问那个服务员小伙子："看见我的打火机没有?"

小伙子摇摇头。那男人的目光严厉起来，嗓门也高了很多："看见我的打火机没有?"

小伙子没有答话，只是愣愣地站着。

"我才离开这里两分钟，打火机能长了翅膀吗?"那男人很光火。

小伙子的额头浸出了细汗，脸色也红了，犹豫着，颤颤索索的手伸到了衣袋里，掏出了一个打火机，那是一个看上去很高级的打火机，他怯懦地交给了那个男人。

射在小伙儿身上的是愤怒的目光。

然后是抡的很高的手掌："啪!""啪!"打得很响，很重。

大厅里面所有的目光，一下都集中了过来，饭店的经理也走了过来，询问，然后向那发怒的男人道歉。那男人没有说话，扬长而去了。

被打的小伙子愣愣地在那里站了好一会儿，他摸摸自己瘦弱的脸庞，低着头等待经理的训斥。

轻音乐停了。

大厅里吃饭的人们也都不吃了，所有的脸庞骤然冷峻而复杂，所有的眼睛里却像被点燃了火一样……

小伙子没有掉泪，低着头，本分地收拾着走了的那对男女的餐桌。

旁边吃饭的夫妇站了起来，女的说："孩子他爸，明天咱不让咱的孩子上班了，再穷，算咱们认了。"他们要走了，结了帐之后，男的把找回来的钱塞到了被打的那个小伙子的手心说："孩子，这钱算我给你买打火机，找最喜欢的最好看的买!"

他们走了。

其他客人们也陆续地走了。

留给那个小伙子的是一片片温和友善的目光。

小伙子哭了，但他却没让别人看见。

革命小酒

董子文刚刚回到家里，他的女人就劈头盖脸地数落：“喝，喝吧，你一天到晚在酒精里泡，闻闻，你尿的尿，都是酒味儿。”

董子文说：“女人懂什么，这叫革命小酒儿。”说着话，电话铃就响了，他对老婆说：“你接，就说我没在。”

女人说：“哪来的臭架子，一个不入流的小科长。”

无奈，他就去接了，他的眼睛亮起来：“噢，是固老板，在哪？好，我马上就到。”他放下电话，打了个饱嗝，拍拍女人的肩：“放心，刚才和人吃饭，我一人干倒了他们一圈，这不照样是直挺挺的一条汉子！”说完，董子文走出门。

院门口的荫凉下，一条狗匍匐着，热得吐着红鲜鲜的舌头，看着董子文，然后合眯起眼睛睡了。

董子文来到一家星级饭店，见到了香港来的客人。入座，让客人点菜，上来的酒是茅台，他知道这顿饭很重要，几千万元的项目引资，在此一举了。

来，干！酒过几巡。

客人说不胜酒力。董子文说：“我陪各位，是舍命陪君子啊，刚刚喝过一场的，不过，我还喝。”说着就三杯合为一杯，一饮而尽，他饮完酒紧接着饮茶，皱着眉头“啊”着，看得出他是竭尽全力。

客人为之而感动。酒杯碰得叮当叮当一片儿一片儿地脆响……固老板喝得高兴，红鲜鲜的胖脸上肌肉激动地哆嗦。

董子文陪得很大度，他喝酒、喝茶、喝酒、喝茶……喝得稠密，话说得也稠密，他不计较客人喝多少，但客人被他的情绪感动了，都没有少喝。酒毕，董子文凑近固老板的胖脸，低声说：“要不要去桑拿一下？”

固老板点点头，站起，摇摇晃晃跟着工作人员桑拿去了。固老板手下的人，都东倒西歪在沙发上，咧着嗓子卡拉OK……

签订协议，是在饭店的会议室，董子文的领导和固老板郑重地在文本上签名，固老板签名的手仍然在激动地哆嗦着。

这是几千万元的引资项目啊！董子文笑眯眯地，坐在一边，想着心事，他应该算是功臣了。应酬，成了他职业的重要部分，这是无奈的事儿，但要办成事儿，革命的小酒儿，是须臾不可分离的。

他知道领导很赏识他的干练和能力，付出点身体的代价，很值得。

董子文回到家里的时候，天已经晚了。那只经过热浪煎熬的狗，在凉爽的傍晚撒起欢来，围着他献殷勤，逗他高兴。

女人说："还能找到家门吗?"

他哈哈地笑起来："看你说的，我能醉吗？酒场上还没找到对手哩。"他品着茶得意地笑，笑着跟老婆表演——一边喝酒，一边喝茶，嘴里的酒，喝到了茶碗儿里。

"兵不厌诈，老实了不行。"他说。

女人拍了一下他的头："呸！你这个滑头!"

电话又响了。

女人接过了电话："哪里？找谁？他没在。"啪嗒！挂上了。

董子文问是谁？女人说："能是谁？还不是狐朋狗友吗？叫什么黄士真，还黄士仁呢!"

董子文"哎呦"了一声，"我的天，那是黄县长啊!"他说着就拨电话："黄县长，我是小董，我去，我这就去，马上。"

他匆匆出门，要了一辆出租车，车消失在夜幕里。

女人在后面喊："你死到外面，别回来啦!"哐当！关上院门，闷在屋子里没好气，她这是图啥？嫁这么个男人，说官儿不算官儿，说钱又没钱的，整天泡在酒场里。她一狠心，又起身，把门锁上了保险。

半夜的时候，董子文"咚咚"地敲门，敲得外面的狗汪汪地叫起来，远远近近的狗也汪汪地叫起来。

女人不理他。

他接着敲。敲门声渐渐小了，停下了，门外的董子文好像没有生气，还醉醉地哼着顺口溜：革命小、小酒儿天天醉，喝坏、坏了身体、喝坏了胃，喝得老婆背对背……

呕吐声。

女人在黑暗里，哭不得笑不得，睡着了。

一大早儿，院门“吱扭”一声开了。女人见董子文躺在院门口，朦胧着眼，藐了她一下，他的身边，躺着一条还醉睡着的狗。是它把院门口的呕吐物打扫干净的。

董子文摇摇晃晃地站起来，凑近女人的耳边：“我被提拔了，副县长!”

“白日说鬼话!”女人瞪了他一眼。

“信不信由你!”董子文挺直了腰板，大步腾腾地走进屋里，异常地严肃和认真。

女人像是看一个陌生人，是真的？这使她简直不敢相信，但是她还是相信了。

她笑了，笑得温柔而甜蜜，她给丈夫沏了一杯热茶，双手端到他面前，说：“是我以前待你不好，不让你喝酒，也是怕弄坏你的身子啊!”

董子文久久没有说话。

突然，他抽泣起来，抽泣着说：“革命小酒儿，什么他妈的革命小酒儿，你当我是情愿的吗?”

发　烧

安子房发低烧了，他从胳肢窝下抽出体温计说：还是37度3。

老伴说：检查检查吧，都催你多少遍了。这个时候葛菲走进来，说：安院长，您是该检查检查，我给您安排了。

葛菲在院办公室工作，他领着穿白大褂的护士，要给安院长采血样，一边采血样一边说：那天听嫂子说您不舒服了，让我放心不下。说得安子房心里热热的。能被人关心是一种情份和馈赠。

采完血样，葛菲又领着安子房去做其它检查，到B超室，到放射室，到CT室，能检查的都检查了，安子房有些累，跟着葛菲到他的办公室小歇。办公室的人都很热情地问候他，只有一个姑娘冲安子房笑笑，然后只管坐在桌子前看医书。安子房想，这是谁呀？想着也就问了出来。

姑娘说：我叫满天云。她笑笑，又低下头看书了。姑娘是一种有分寸的冷漠，让他觉得她挺有个性。当领导的常常被热情所包围，彼此间的热情使人和人贴近，反之使人疏远，可疏远也挺有魅力，距离是一种美。他倒特别想了解与他有距离的人们的心态，特别是在眼下，医院里正面临人事改革，要清退一批人，还要提拔一批中层干部，他需要了解各方面的情况。

外面有人喊他，是宣传部的小吕，医院的笔杆子，他拿着一张照片让安子房看，这是安子房亲自在手术室为病人做手术的照片。小吕说她写了安院长的一篇通讯，报社要配一幅照片。安子房说，宣传我干啥，要宣传医院。话是这样说，但心里却觉得舒服，说行不行你就看着处理吧。

安子房检查的结果很快出来了，所有的检查都正常。他发烧的消息不胫而走，好多人到他家里问候，都还带着礼物，看病人带礼物属人之

常情，安子房的发烧也给了人们这种机会。葛菲还从北京请来了一位有名的老中医，给他抚脉，开了药方。葛菲去取了药，说安院长你就别煎药了，我安排每天给您煎好药送来。之后葛菲每天晚上来给安子房送中药。

人事改革正热热闹闹地进行。找安子房的人很多，一般人或者想留在岗位上，或者想找一个好的岗位，中层干部的岗位竞争更复杂更激烈。每当处理完一段事情，安子房都要量一量体温，他觉得他的身体已经驮不住这繁杂的事情了，他开始注意爱护自己的身体，繁忙的时候自然也就没有好情绪。他明白低烧不是好的现象，又检查不出来问题，莫非，是有了大问题？

下面也有了不少的议论，安院长是不是癌症？当然这种议论安子房听不到。

医院里的人事改革戛然而止。是因为上级有了通知，省里正筹备大的人事制度改革，下面的动作一律暂停。也好，好好歇歇，安子房想。

人们浮躁的心开始静下来，许多担忧、欲望都淡化如水，人们对安子房的热情骤然降温，甚至葛菲，甚至那个宣传部的小吕，见了他也不过是一个简单的招呼，脸上的笑也很勉强。

安子房看着心里不舒服。

他来到办公室。葛菲正在和同事们议论欧锦赛和意大利的点球，安子房有一种被冷落感，只是孤独地坐在沙发上听他们侃球。

那个叫满天云的姑娘还在低头看医书，见安子房孤独地坐着，她却热情起来，跟安子房聊话：身体好些了吗？安院长。安子房叹口气说还在发低烧。满天云说是哪个医生给您诊断的发低烧？安子房说是自己每天都量一量，每天都在低烧。满天云笑笑，从抽屉里取出一支体温表让安子房量量，然后看看体温表：您不烧啊！

对安院长和满天云的对话，正在热闹侃球的葛菲们却没有在意，只是热情地侃着。

回到家里，安子房又量了量体温，还是37度3。

原来，他家的体温表压根儿是一个坏的！他压根儿就没发烧。

医院还在流传着安子房得了绝症的消息……

厨 子

太阳光奇热，把街道晒得像是煎饼鏊子一样，滚烫滚烫。

街道旁边走过来一对农村夫妇，湿漉漉的衣裳在身上贴着，俩人一把一把地甩着额头上的汗珠。女的说："秋凉，没指望了，咱臭儿上学的事没有指望了。"秋凉也叹了口气，拽着女人走到墙根的阴凉儿里，一屁股坐下了，"唰——"他拉开黑提包的拉锁儿，取出一大叠钞票，在手指头上"噗啦、噗啦"拍着说："这有钱也找不到送人的地方，翠花，起来，咱干脆下馆子去把它吃了!"

翠花被秋凉拉起来，眼睛突然一亮，说："秋凉，你看看这个。"秋凉顺着它的眼光看去，墙上贴着一张纸，上面写着歪歪扭扭的黑字："要寻找官府人办事，请呼126—77777。"

秋凉说："试试!"说着就走到一个街头的电话亭，照着数码呼了一遍。果然，就回了话，电话里的人"呵呵"笑着说，说他要找的那个领导，在某某饭店里吃饭。

俩人就将信将疑，就去那个饭店里找，还真找到了。他们托熟悉的这位领导，帮着改了孩子填错了的高考志愿，把事儿办好了，没耽搁第二天录取。

此事在十里八乡传成了佳话。从此，126—77777的号码，就成了老百姓仗义行侠的偶像。老百姓进城找当官的人办事，都呼126—77777，结果大都如愿。有了这个神秘的呼机号码的帮助，他们大都能在宾馆饭店找到熟悉的领导。

城里和乡里一样，126—77777，成了群众的及时雨，凭着它牵线搭桥。日子久了，自然给众多的领导找了麻烦，他们上哪儿都有人找到，像是背后有一只眼盯着，这是可怕的事情！正赶上市里整顿市容市貌，

胡乱张贴126—77777号码，自然就是首当其冲的被清理的对象。由主管部门去拨打这个126—77777，呼他，顺藤摸瓜地找，但是号码的主人是只回答问题不露面，由此不得不经公安部门出面了。

公安人员呼他，要跟他见面。回话说，行，他在某某饭店的某一房间等，有什么急事儿就到那儿去吧。当公安人员敲开房门的时候，先是惊呆了，然后就退了回来。里面并没有126—77777的主人，而是一个地位显赫的官员，正和一个妓女裸体搂抱在床上。这一件事被老百姓广泛传为了笑话。

笑话之余，还有被牵连在里面的人，就是闹出上面笑话的那个公安人员，莫名其妙地面临被调离岗位的危险。他想，十万火急的事，下午就要开会定局了，他要找另一位领导说说情，兴许能留下来。可领导白天一般都不在家里吃饭，哪儿去找啊？于是他呼通了那个126—77777，如实说了事情的缘由。

回话里“呵呵”地笑着说：“莫不是又变着戏法儿找我吧？”

他回答说：“不是，要是说谎天打五雷轰！”

电话那边像是想了想，说：“那好，你到‘天慈大酒店’去找，210KTV房间。”

这个人在那里果然见到了那位领导，暗暗地惊叹，那个126—77777真是神机妙算啊！之后他向领导诉说衷肠，说出了一肚子的委屈，问题解决没有那是后话。

且说世事无常，说不准哪块云彩下雨。国家开始整顿大吃大喝风，动了真格儿，各机关都由上级纪检监察部门设了举报箱，并规定奖励举报人。

有一天，政府里来了一对中年夫妇，原来正是两年前在大街上呼126—77777的秋凉和翠花，他们说：“我们是来给你们提供大吃大喝这方面情况的。”说着就把一份材料交给了纪检人员，上面是全市近几年大吃大喝的人员名单和开销数目。

他们得到了一笔奖金，翠花说：“秋凉，咱们的臭儿可有了上学的学费了。”

这一下惊动了新闻媒介，记者追根寻底要弄清这对神秘的农村夫妇是怎样得到这个清单的。秋凉说：“就是那个126—77777，他原来是我们

老家的一个近亲，过年的时候，我才在老家知道了他的号码。他给我们讲了BP机的秘密，这份儿清单是从他那儿弄到的。”

记者楞要他们夫妇带着去找126—77777的主人。无奈他们来到了一家小饭店，厨房里有一个人正在主灶，腾腾地炉火映照着他的那张脸，秃发，肥头大耳，却白白净净，两只笑弯的眼睛和一张乐呵呵的大嘴融为一体。他说：“我犯了哪门子法呀，你们找我？”

记者说：“你是中国的福尔摩斯，大侦探呀！”

他“哈哈”地大笑，笑着说：“屁！我仅仅是一个厨子。”

记者对他呼机的号码很感兴趣，穷追不舍地问他。

他说：“那个77777，就是吃吃吃吃吃，谐音。”

记者要他说怎么样搞到了那份大吃大喝的清单？并且知道领导吃喝的踪迹？

他说：“我想什么事儿都会有秋后算帐的时候，所以留了点儿心，是全市的厨师给我说的，他们都是我的哥儿们。”

记者说：“那一定是你的技术高超了。”

他说：“不是。我吃我祖宗的老本儿，我祖爷爷是清宫里的御膳厨子，我爷爷又给慈禧老太后当厨子，我爹是阎锡山的厨子，轮到我就差了，当了这些大吃大喝的人的厨子。”

他又“呵呵呵”地笑起来，胖胖的脸上笑得肌肉哆嗦着，看上去活脱脱一个弥勒佛模样，惹得大家都开心地笑起来。这时候有人说：“还不知道你的大名呢？”

他想了想，说：“就叫我厨子好了。”

这时候，他腰里的BP机又响了起来……

笔 误

杨柳镇查出案子来了。

这是大家都没有想到的事，杨柳镇是全县的先进乡镇，镇书记和镇长，也都是全县的先进个人，怎么会干那种嫖娼的事儿呢？县里纪检组在杨柳镇驻扎了大半月，查出来了，证据确凿。纪检组长是高个子的老盖，国字脸，浓眉大眼睛，威风凛凛的。他的眉头紧紧锁着，正心烦着呢。上上下下的人，找老盖说情，老盖只是锁着眉头，任凭他们说去，就是不说话。

弄得说情人都十分地无奈，尴尬。

此时，老盖正打理着行装，准备回到县里向县委作汇报。

一辆黑色的小轿车停到了镇政府大院，是省里的人。

之后就听他的说词，老盖听出来了，犯事儿的这俩赃官，省里边儿有人，要是下了他们，也不知道自己这顶乌纱帽掉不掉？老盖眯着眼睛说："行，你觉得他们能干，他们干吧，我不干了。"

客人讨了个没趣儿，开车走了，可能是去了县里。

接着进来一个年轻人，是镇里的秘书，见到老盖，就呜呜地哭了，哭着说："是我把书记镇长给害了。"说完还是呜呜地哭着。

老盖说："年纪轻轻犯糊涂，是他们自己害了自己，与你何干。"

秘书说："怎么没关系？你们查案，不是根据我写的那份材料为线索吗？"

老盖说："是。那份是工作总结，同时又揭发了问题，不是很好吗？"

秘书说："咳，你哪里知道啊！我末尾段写的那句话'书记镇长各承包了一个小姐'，是错了一个字啊！小姐的'姐'，应该是小组的'组'。"

他把老盖说愣了，愣了好大一会儿，然后哈哈地大笑了起来：“撤了?”老盖说：“我的心血不是白费了吗？好不容易抓到了两条大鱼。”

秘书无奈地走了，边走边抹着泪。

老盖站在门口目送着他，憋不住“扑哧”又笑了。没想到一个笔误，办成了一个大案，错别字也有用处啊，一个错字拽出了俩污吏，真真是有意思。

老盖回到县里。

老盖向县领导汇报时没有说出秘书笔误的事，他不想让人们知道，两位镇领导竟毁于偶然出现的小差错之中，这种巧合，怕会让人草木皆兵。老盖觉得真不可思议。

最后的泅渡

初春的傍晚，部队密密匝匝地挤在河岸上。这条河很宽，哗哗的声响在一二里外的地方就能听见。

“会水的举手！”他站在一个高树墩上，用明眸扫了一遍人群，他的手在那方方棱棱的脸颊上搓摸着粗拉拉的胡子茬。文工队的女兵们都叫他大胡子营长，其实他还不足三十岁。

一只只手举过头顶。

但不会水的战士居多，芳所在的文工队的姑娘们，都低下头，羞涩地看着举起手的男子汉。

“下面开始渡河，会水的两个扶一个，要稳当！”大胡子营长和另外一名战士，扶一个不会水的，“扑嗵”跳进水里。接着，第二个，第三个……队伍像一支箭头，缓缓伸向对岸。激流冲击着人们的胸膛。一丛丛浪花碎在战士们肩膀上、军帽上，顺着泅渡的队伍，又从对岸排回一条长队，这是会水的战士又返回来再扶接待渡的人们。

暮色一丝一丝地落下，像湿湿的灰蒙蒙的纱罩，把远山、旷野、河岸上的丛林树木都轻轻罩起来。

芳被两个战士挽着，走入河中。她的身子被软融融地拱动着，觉得痒痒的，但渐渐觉得周身像被一个带刺儿的毛楞楞的生铁块儿夹住了，身上麻酥酥地疼痛。芳的牙关“咯咯”地打抖，像是啄木鸟在嘴里啄动。

两个扶芳渡水的战士，身体都离开芳一段距离，他们扶芳的手很轻。一阵急流涌来，芳的脚底滑了一下，身子闪靠在一个战士的肩头，那战士缩了下身子，使芳一下子栽在了水里，咸腥的水呛进她的鼻腔，像灌入了两注滚烫的辣子汤。

“扶紧，干什么的！”前面传来了粗粗的声音，像在水面上滚过的一声闷雷。芳看见大胡子营长冒火似的两只眼正盯着扶她的俩战士。顿时，扶着芳的两只手攥紧了她，她像被两条粗粗的麻绳捆住一样。芳听见扶她的战士的牙关，也在“得得”发响……

天上的圆月映在水里，在水面上碎成了亮晶晶的银白。芳发现，前面后面的人们都光着膀子。大胡子营长肩头，流动着闪亮亮的水珠。多美的肩胸！一定很润，很暖，一股萌动的热流从芳的心头倏然而过，芳想到了火！

渡河的前一天，部队是在一座壁垒森严的城下，在壕里架着火取暖、烧饭。月亮被挡在那黑压压的城墙里，架梯子强攻进城已成为不可能的事情。战士们战斗了三天，城墙下的土也被血浸得粘粘的。芳在黑暗里，看见大胡子独自蹲在壕沟里，怀中抱着一颗半人高的炮弹，抚摸着，像抚摸一个孩子。

“炮手，炮手你过来!”他突然站起身，冲着不远处一门大炮粗声地喊。

一个胖墩墩的战士跑到他身边，“啪”地行了个军礼。

“就这一颗了吗?”他问。

“报告营长，就这一颗了。”小炮兵脆生生地回答。他拍了拍炮兵的肩头，劲很大，小炮兵的身子趔趄了一下，很快又站直。

“我命令你，”大胡子叉起腰：“一颗炮弹给我打开一个口子，我给你报功，要是打不开，有你瞧的。”

炮兵没有说话，默默低下头。

“你怎么这么命令主义啊。”芳凑上去为小炮兵打抱不平。

“你少插嘴!”大胡子冲芳吼：“有本事你去给我把城墙撞开个口子!”

“你、你这么不讲理。”芳委屈地抹泪。

芳看见炮手整整瞄了一个晚上。突然飞起一道火光，“轰隆隆”，那黑森森的城墙被撕破了一道口子。

“冲啊——”

那座城就在一片冲杀中淹没了……

战斗结束，大胡子抱着一大堆罐头走过来，“这是给你的。”他叮叮当当扔给芳好几个罐头：“吃饱，养足了劲儿还得走路。”

芳终于被渡到对岸。

战争把人们变得无所顾忌。几个裸体的战士匆匆从芳眼前跑回到河里去接其它没渡河的人们。大胡子营长正好撞在芳的对面，芳想闪开已经来不及了，月光下一切都看得明白，他木然地站在芳面前，匆忙把双手捂在小肚子下面，“嘿嘿”干涩地笑着。

“你、你……”芳急得跺着脚，说不清楚哪来的委屈，泪水一下子顺着面颊流下……

他像个做错事的孩子，低下头离去。当他再从对岸扶人上岸的时候，芳发现他已穿着哗哗滴着水的棉衣，头上还戴了顶帽子，帽子上滴下的水珠，弄得他眯缝着眼睛，他冲芳羞涩地笑。

密匝匝的队伍已群聚在河的这面，人们拧着湿透了的衣裳，架起了篝火烘烤着，人们传递着从敌人手里缴获来的烧酒，大口大口地喝着。低声细语沙沙响成一片，如青纱帐叶子的搓撞声。芳在人群中徘徊寻找，她没见到营长那张大胡子的脸膛。这时已是月挂中天。

泅渡仍在继续，对岸的人影影绰绰已所剩无几。河里的水涨高了许多，那湍急水流中间，摇曳着一排人墙。在人墙最后，一副坚实的臂膀架扶着一个小战士，他正是那个打炮的小炮手，他们缓缓向这边移近，渐渐看见大胡子营长那张脸膛，宽宽的、黑红黑红的，像月光下的一团火焰，他的头上，还戴着那顶军帽。他此时也看见了岸上的芳，有棱有角的嘴唇张了张，笑了，但笑得非常艰难，脸上的肌肉像冻结在一起。

突然，他的身体一斜，阴暗暗的淹没了他的头。芳两手蒙住眼。再看营长时，他已随波浪几丈远。那个小炮手摇摆着身子，声音哑哑地喊道：“营长、营长——”

一个巨大的漩涡，把小炮手卷走了，漩涡里似乎在喊：“营长、营长——”

河岸上一下子静下来。

一切都静得出奇，只听见“哗哗”水声。

急流的深处，那张大胡子的脸膛挣扎着从水里冒出来，似乎在冲着芳顽强一笑，然后消失在一片苍茫中。

河面上，那顶军帽打着旋转着漂……

灵芝草

田木木怕没有几天的活头了。躺在床上，瘦得皮包骨头，微弱的声音一片儿一片儿地从唇里飘出来：玉芬，我死了，你一定嫁个好人家、有钱的人家……说得玉芬眼泪汪汪的，一滴、一滴，掉在端着的药碗里。她说，喝吧，别说了。我又去找了医生，他开了一副药方儿，就是、就是……玉芬没说出来。

就是钱啊。药里有一味药是灵芝草，贵重，再说哪儿去找啊？

玉芬越想越觉得木木冤，十五岁就到厂子里炼钢，浑身上下烤得红红的，看看现在的身子，那是被炼钢炉子榨干的呀！她瞅了一眼墙上挂着的照片，照片上的木木，那是国家领导接见他的照片，光荣呀！玉芬记不得木木当了多少回劳模、有多少荣誉称号了，反正跟着他光荣了半辈子。没想到木木的身子说垮就垮了，身子垮了就没有力气了，没力气了偏偏就遇到单位里裁人，成了病秧子谁还想用啊！没人用了，木木的病就更厉害了。这不，落了个这样的下场，不挣钱了，没有钱买药了，她玉芬在大街吆喝，吆喝着卖菜，卖菜的钱还不够买米下锅呢，更别说交孩子的学费了。所以她对女儿说，咱不要识字了，咱们要你爸活着，玉芬就让女儿随她到大街上卖菜了。

玉芬的眼睛亮了一下，说，木木，我去找一找他吧，报报药费。她指着墙上照片上和木木合影的首长。木木说玉芬你疯了，他早就去世了。那，去找找他吧。玉芬又指着旁边的另一位首长。

木木有些急，说，你是不是活糊涂了，我木木，一辈子吃力气饭，不吃老本儿，咱就是死了，也不能成国家的累赘，知道吗！

玉芬不说话了，低着头，坐着，想着心事儿。她想她一定要买回灵芝草，可到哪儿弄钱呢？她到银行里贷过款，柜台里那个白白净净的女

孩说，大嫂，你贷得太少，我们还没有贷款看病的业务。借邻里借亲戚的吧。玉芬想，谁家里宽余啊，就是宽余，还有穷在闹市无人问这一说呢，招人烦。玉芬想着就打开柜子的锁，取了同一个小匣子，一层儿、一层儿、又一层儿，解开一个红布包裹，叮叮当当露出一大堆奖章，她说，木木，这些东西能卖钱吗?

木木说，你怎么光往歪处想啊，谁买这些啊？又不是金子。

玉芬睁大眼睛，那这些东西又有啥用，当宝贝藏了这些年。啪嗒！摔到了地上。

木木急了，急得想坐起来。但支撑了一下，又躺下了，额头上的汗，豆子似的，掉在枕上。他喊着，声嘶力竭地喊，你给我拾起来，不准卖。给我金元宝我还不卖呢！懂吗？这是我留给我闺女的传家宝，我死了，这就是她的爹，懂吗！

玉芬不懂。她只懂没有钱就不能抓药，她真想把自己卖了，换钱给木木治病，可是她老了，不值钱了。

外面轰轰隆隆响起了雷声，雨水眨眼就泼了下来。玉芬想，我的闺女呀，还在外面卖菜呢！她奔出门，一头钻到了大雨里，大雨把她弱小的身躯埋没了……

玉芬来到女儿卖菜的地方。女儿正在大雨里站着，淋得像一只小鸡儿，浑身哆嗦，呜呜地哭。她的脚下是深深的水，漂着青椒、茄子……在水里打着转儿。

玉芬拍了她一巴掌，你傻啊，别淋着，咱不要菜，咱得要命。

玉芬和女儿回到了家里。木木已经睡着了，玉芬也趴在桌子上，迷迷糊糊地睡了。醒来的时候，屋子里面已经黑黑的，玉芬对女儿说，看着你爸，我得给你爸找灵芝去。

那一夜，玉芬没有回来。一直到第二天中午，玉芬踉踉跄跄地回来了，脸色苍白眼睛却笑成了俩月芽，灵芝，灵芝找到了，找到了！她说。

木木说，你上哪儿了？你在哪里弄来的灵芝啊？玉芬手里的灵芝奇大，让木木和女儿很稀罕。

玉芬什么也没说，她为木木熬药，药在锅里沸沸腾腾着，玉芬望着药锅笑着……

木木吃了几天的药，居然病情好了起来，说话有力气了，能下床走

了，脸色也泛红了，这都是灵芝啊，救命的灵芝，玉芬想，灵芝到底是仙草，仙草啊！

家里来了两个穿公安制服的人，问他们，这是不是玉芬的家？

玉芬说是。

公安人员要她跟他们走一趟。玉芬说，走就走，木木，别为我担心。

木木说，玉芬，你犯了什么事儿啊？

玉芬说，还不是为了那个灵芝草？木木问灵芝是怎么回事儿？

玉芬说是偷的。

公安人员告诉木木，他老婆偷了灵芝，那灵芝是市里的文物，长在一棵古树上很多很多年了，那棵古树是谁栽的？是民族英雄邓世昌，知道吗？就是《甲午风云》中的那个邓世昌！

老百姓说，邓世昌栽的树长了棵灵芝草，是英雄的魂灵。这一下让玉芬给采了，这消息让全城哗然。这不仅仅犯了市民的众怒，还违了法。

木木骂玉芬，你给我丢人显眼，不要脸了，你给我滚吧，别再回来了！

玉芬跟着公安人员走了，迈出门槛，又回过头来说，木木，是我辱没了你的名声，我对不起你。那药你还吃着，病好了就行了，是邓世昌显灵，救了你的命啊。

玉芬真的没有再回来。她被关了一个月的监禁。木木找她的时候，公安人员说，放了，早就放了。可玉芬确实没有再回来。

木木奇迹般地恢复了健康，到一家私营企业打工挣钱了。别人问木木，你老婆到底哪里去了呢？木木想了想，说，被我吃了，当药给吃了。

木木想，就算玉芬是那株灵芝草吧。

那个人

那个人，我琢磨不透他，他已经老了，瘦脸，上面拥挤着树皮一样的皱纹，胡子很浓密，白花花地垂在胸前。他用袖子抹着泪水和鼻涕，看上去挺伤心。

他伤心什么呢？我想。三十年前斗争我爷爷，他那时很凶。他跟所有的人一起喊口号，我的眼睛瞪得又大又圆，我用小手去拽他的袖子，意思是说，你怎么能喊口号呢？你不是我爷爷的好朋友吗？你们天天晚上一起喝茶、聊天儿，谈得挺投机的，我爷爷好人赖人你还不知道吗？他一用劲儿，用胳膊肘子顶了我一下，顶得我特疼，顶得我趔趔趄趄匍匐在地上，我伤心地哭了。好朋友之间，怎么说变脸就变脸了呢？

那一天晚上我爷爷就死了，是跳井死的。人们从水里打捞上来我爷爷，尸体摆在灯光通亮的水泥场上接着开斗争会，我看见曾是我爷爷好朋友的那个人还在喊口号，说让我爷爷遗臭万年。

我开始恨那个人，散会的时候，我和他走了个对面，我呼噜了一下嗓子，浓浓地向他的脸上啐了一口：呸！

没想到他竟然没有发怒，只用袖子在脸上擦着，冷静地站在那里，看着我匆匆跑走。

后来我和他见了面，他找着和我说话，我怎么能跟他说话呢？我仇恨地瞪着他，啐他：呸！呸呸！他竟然看着我笑了，笑得我有些蒙头。他说："小家伙儿，跟我去开会，你不学习不行。"他一边说一边拽住我的胳膊，拽得我好疼好疼。他愣是把我拽到了会场。他拽着我听别人念报纸，念报的人嗓子念哑了，他松开拽我胳膊的手，走上去要过报纸说："你念累了你歇歇，我念。"

他念报时很有感情，像是诗朗诵一样的口气，就是说不准确普通话，像扭住鸡脖子那样的声音，念得我的皮肤一紧一紧，我瞅见我的胳臂上，密密麻麻的一层小疙瘩。

我没事干，像一只老鼠一样到处转游，看贴在墙上的、挂在树间的层层叠叠的大字报，趁没人时，我就恶狠狠地撕扯，让那个人看到了，他向我跑过来，“你这个兔崽子，你撕大字报，我揍你!”

我开始逃跑，一边跑一边扭回头看追我的他。“啪哒”一下，他摔倒了，好半天没有爬起来，我站住了，冲他哈哈地大笑着，他爬起来了，拍拍裤子上的土，不追我了，他没有力气追我了。我开始撵着他走，一边走一边用脏话大声地骂他，他十分无奈，溜着墙根儿，溜之大吉了。

我看到墙上贴着大红榜，那是积极分子的红榜，上面写着他的名字，我用小手恶狠狠抠掉他的名字。

我处处和他做对，又有一次开会斗争另一个走资本主义道路当权派，那个人又起劲喊口号，还把一块写着“打倒□□□”的大木牌子挂在走资派的脖子上，牌子上的铁丝在那个走资派肥胖的脖子上勒得很深，勒出了一条沟。我突然跳起来，指着给走资派挂牌子的那个人，说他和我爷爷经常在一起喝茶，还密谋过什么什么事儿。这一下挺灵，立马就上来几个很强壮的人，把那个人也揪到了台上，让他陪那个走资派挨斗。我在台下捂着嘴发笑。我看见他低着头用眼睛溜我。

后来他碰到我，向我嘻嘻地笑着，我知道我把他制服了，他怕我了，他嘻嘻地笑着问我，为什么那天你那样做呢？我说，我故意的，你能怎么样？他长长地叹了口气，摸了摸我的脑瓜。从那以后，他常常陪着别人挨斗。我渐渐地同情他了，看他，可怜兮兮的。

他渐渐地老了，留起了胡子，胡子又长又白，这个时候我也长成大人了。

那个人依然在开会时很积极，当然，所有的人都很积极，这个时候正批邓，批邓是全国的大事。那个人在开会的时候还很激动，发言时白胡子一抖一抖的，我无奈地摇头，都这么大岁数了，真拿他没办法。

那个人来找我，他求我帮他写写材料，说领导选中他到省里去发言。我说，我写不了，我感冒头疼。他嗫嚅地走了。不大工夫，他又回来了，拿着几包感冒冲剂，为我用开水冲好，让我赶快喝下去。我没办法，只好敷衍着给他写了份材料，他很感激我。

他被省里评上先进，拿着大红证书给我看，笑眯眯地，脸激动得通红。

我却笑不出来，脸板得很紧。

后来，风云突变，把四人帮抓了，大家都跑到大街上扭秧歌，我也去看热闹，我看见那个人也在扭秧歌的队伍里，腰里扎了条红绸布，扭得很来劲儿。

后来的事儿就不知道了，因为我到了外地工作。这一次回来，是专门儿来参加为我爷爷平反的追悼会。

那个人也来参加追悼会，他就站在我的身边，我觉得很不是滋味儿。我想，这个会开不开吧，看看我爷爷的遗像，遗像在笑着，冲着悲伤的人笑着。

我看看身边那个已经老了的、脸色像树皮一样、长着茂密的白胡子的人，也忍不住地笑了，他正在用袖子抹着眼泪鼻涕。我用手拽拽他的衣袖，意思是别让他悲痛。他用胳膊肘子顶了我一下，顶得我挺疼，把我顶了个趔趄，不过，我没有倒下，我已经不是孩子了。

我又暗暗为我的爷爷庆幸，他的生命毕竟赚了一场追悼会。触景生情，如果我身边这个已经老了的、脸面像树皮的、长着白胡子的人死了，会不会有这样的追悼会呢？恐怕够呛。因为他太平凡。

更重要的，是因为这样的人太多吧。

一路感叹

路途先生眯缝着眼，把车厢里的人们扫了一圈儿，发出一声长长的叹息。他想，这就是中国人，除了愤怒、牢骚、语无伦次的刻薄话，不会别的。

本来，路途先生心急火燎地要赶回自己的城市，可是汽车停停走走，像只慢吞吞的蜗牛。年青的司机和那个卖票的老女人，全然不在乎车里人们的情绪，只是用近似贪婪的目光，捕捉着路上想搭车的人们。刚才，路途先生就没有漏掉他们的捕捉。

原本，他是站在公路边等车的。停在离他几百米的一辆公共汽车见状，开过来，停在他身边。汽车里跳下一个上年纪的女人，粗粗的脖子上挎着卖票的大钱夹子，她脸上的皱纹，和她身上的衣裳一样，皱皱巴巴的。老女人是扶着他上了汽车，这一瞬间，路途先生油然而生一种得意的感觉。但这感觉像一个小露珠，只在他的心上滑了一下，就摔散得无踪无影了。汽车莫名其妙地又向后退，退回到原来几百米的地方，那个老女人像扶他上车那样，把后边路上的两个搭车人扶上来。

然后，这只慢吞吞的大蜗牛，在路边挪动。

"你们的车到底开不开?"车里的人开始埋怨。

卖票的老女人只是嘻嘻地一笑，不说话。

汽车向前开了一程，前面是修路堆起的土堆。然后汽车调回头，又向后开去，这之间，又零星上了几个人。显然，这是车主人玩弄的把戏，他们肯定知道这里在修路，不过是想多拉几个乘客罢了。车里，有的乘客威胁要下车另乘，都被那张皱褶的、笑盈盈的脸劝阻了。

路途先生看看腕上的表，时针将近转了一圈，他的眉头微微皱起来。他开始回忆遥远的经历，早些年乘汽车，必须是在车站里，中途的人们

是很难搭车的，如今汽车好乘得多了，可是事情总是不如愿，本来，他是想早回到单位办急事的，但又是欲速则不达。

汽车在公路上开起来，两边的麦田向后面匀速地移动。车厢里的一张张面孔也平和下来。

在中途的一个小镇，汽车戛然而止。怎么又不开了？许多只眼睛都瞪得很圆。汽车停在路旁另一辆汽车的旁边，卖票的老女人笑着解释："车没油了，大家上那一辆吧。"

大家都不情愿地嘟囔着下去了，上了另一辆汽车。卖票的老女人也跟着上去。她的那辆车，空车掉头飞速地向后开去。

"他们把我们给卖了！"有人骂了起来，车上哄哄嚷嚷着。

老女人依然笑着。

路途先生的座位前，是一对不是夫妻的男女，他们在兴奋地调情。

漫漫的路途，也给了路途先生遐想的空间：不如乘火车呢，他想从前，从一个省会坐那次双层空调的列车，上车前胸挤后背地站着，那不是人哪，那分明是一堆罐装的沙丁鱼！这是他愿意乘汽车旅行的缘由。

如今的火车，舒适得多了，可一度被认为方便的汽车旅行又出了问题，路途先生依旧觉得自己不是人，是一堆被运载的货物。

时间就是金钱，这是没错儿，只不过是要有新的理解，慢吞吞地进行、慢吞吞地招揽乘客，那就是车主人的金钱啊！路途先生觉得自己不是坐在汽车里，而是被装在那个老女人的钱袋儿里，他觉得透不过气来。

汽车又在中途一个县城大街上停下了。平和的人们，重新开始了新的一轮的嘟嚷和埋怨。

他座位前的那对儿男女依旧旁若无人地调情。

老女人向哄嚷的人们解释："在这儿等一下司机的叔叔，你们看，那边摆弄轮胎的人就是。"

远处的一个商店里，果然有一个人在摆弄一个大轮胎，但全然没有要上车的意思。卖票老女人耍弄赚钱的把戏，竟然到了恬不知耻的地步。

乘客有什么办法呢，没有办法。他们的身体，和他们的钱一样，早被装进了女主人的钱袋里。

"大家饿了吧？"路途先生突然站了起来说："我有一个建议，我们大家凑钱，到饭店里去吃饭，怎样？"

一阵沉默之后，大家纷纷响应。两个强壮的小伙儿，把那个老女人架着下了车，然后又把年青的司机架下车，路途先生笑着趁机拔下了车钥匙：“在家靠父母，出门靠朋友，聚聚嘛！”他说。

路边的饭店里，生意热闹了起来，店主人很高兴。旅客们在举行着一次奇特的聚餐了，他们还要了白酒，行酒令，酒令也像杯里的佳酿一样浓烈，飘洒在店门外……

卖票的老女人和司机，木桩子似的站在店里，无可奈何。

这顿饭吃了很久。

路途先生此时有些眩晕，向店老板吆喝：“拿酒来！”

店老板笑盈盈地伺候。

路途先生一边拽着店老板的衣袖，一边斜眼藐着木桩子般站在一旁的卖票老女人：“你高兴了吧，你看看我们是什么东西？都是钱哪。”

大家都哈哈地大笑了起来。

那一天，路途先生回到家里，躺在床上，盯着天花板想心事，这一次旅行，耽误了自己的一桩大买卖。

他一点也没有后悔。

好好活着

林子在楼梯上几乎是在跑，他一步蹿两个台阶。邻居们和他打招呼，他也顾不上抬头。邻居们理解他，为他的不幸而叹息，就这么一个宝贝儿子，从六楼的楼顶摔下，幸亏下面有一条绳子绊了一下，才没有粉身碎骨，但那条小命儿正昏睡在医院的床上，保住保不住难说呢。

林子把东西送到医院的时候，妻子在楼道里呜呜地哭，哭着说："医生说了，内出血，得先摘掉一个肾再观察。"

林子一屁股坐在长椅上，脸上的汗，哗哗地流着："摘吧。"他说。

儿子的肾摘掉了，但还像是死了一样，躺在抢救室。林子夫妇从窗户玻璃外看儿子，他们的身子像树叶儿一样颤抖着。

天很冷。

主任把林子叫到办公室，要他转院，转到省城，得马上转。

这怎么办呢？现在他们首先想到的是车，从哪儿弄车呢，夫妻俩都是普通的工人，妻子说："想起来了，你去找吴天驹吧，他是大官，他不是你高中的同学吗？"

林子没有说话，就往外面跑，一个时辰后，他回来了，告诉妻子："找了另外一个司机，姓张，是他过去的伙计，说办完事儿就过来。"

他们就等，像是等了半年，还不见车的踪影。主任又来催了，"得抓紧时间，时间就是生命，知道吗？"主任板着脸很严肃。

妻子开始和他吵架了："我叫你去找吴天驹，你不找，看我孩子没了，我拿你抵命！"

林子说："死了也不找，当了官就变脸，当了官就不是好东西了。"

这勾起了林子的往事。那个吴天驹，是他的同学，一块下乡，在乡下冰窟窿一般的石屋里，他们一伙儿大碗碰大碗喝烧酒，边喝边盟誓：

将来，谁出息了，苟富贵，莫相忘。没想到这小子一富贵就忘了。有一次他和吴天驹，还有许多人在一起，他喊吴天驹叫兄弟，还说过去的事，吴天驹这小子的脸就拉长了。林子一恼，摔了酒杯就走人，心里骂，你吴天驹是个屁！老子看你还怕脏了眼。

无奈，他把这事儿给妻子说了。

妻子说："都什么时候了，救命要紧。"说着，就去找吴天驹的号码，去打救命的电话。

林子在后面指着妻子的脊梁："你给我回来，你这个没有出息的东西。"

妻子急匆匆地走，没有听见他的话，外面只有呜呜的风响。

吴天驹没有来，林子找的车来了。妻子没有找到吴天驹的电话号码。

有了车就行。他们抬儿子上车，小车风驰电掣地在公路上开着。

司机说："咳，忘了跟你细聊，跟着吴市长呢，才几个月时间。"

林子拽了拽他的衣服："你说，哪个吴市长？"

司机说："就是吴天驹市长啊，你认识啊？"

林子大声说："停下！停下！"

汽车靠边停下了，林子去抱儿子，边抱儿子边说："小子，算老子对不起你，咱不要命，咱得要志气，这车，咱不坐了。"

妻子大声哭起来，哭着向司机说明了原因，司机骤然发怒，把林子拾掇到座位上，狠狠地踹了他一脚，骂他："你这个混蛋！"嘴里一边骂，油门踩到了最高限。

林子像个泄气的皮球，不说话了。

到了省城，到了要去的医院，办完了住院手续，林子一直没有说话。

他的儿子已经进入紧急地抢救中。天色暗了。医生说："稳住了，需要观察。"

他们都长长地松了一口气。

司机要回去了，写了个纸条儿："这是我的手机号，甭管什么时候，有事儿，打给我。"他说。

林子说："你慢走。"他边说边掏了一大叠钱，塞进车窗里："这是我付的出租钱，你看看够不够。"

说完，林子扭头向病房走去，司机给他的手机号的字条儿，从他的

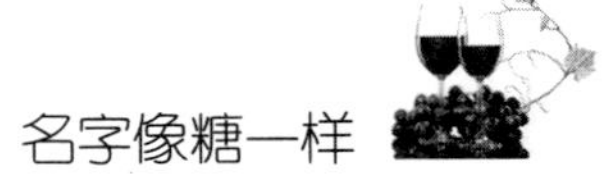

手里飘下来，随着风飘走了……

林子的儿子出人意料活下来了。

出了院回到家里，邻居们都来看望，纷纷感叹：这简直是个奇迹，是奇迹啊，从六楼掉下来，竟然还活了。孩子能歪歪斜斜地走路了，只是还不能说话，医生说要有一个恢复的过程。

林子背着儿子到楼下晒太阳。天很高，很蓝，蓝天上正飘着几片洁白的云彩。林子对儿子说：“小子，你既然活了，就好好地活，要活得像个男人。”儿子仰着脸看着他，点点头，儿子好象突然长大了，懂爹的话了。

雪花母爱

那个时候我在一所中师教书，教室的窗户很明亮，我面对的也是一双双明亮的眼睛，那是一扇扇心灵的窗户，过滤着缕缕阳光和徐徐清风。那是一张张智慧的脸庞——笑着的，严峻的，俊美的，粗陋的，白皙的，黑亮的……

门“砰”地一下开了。

学生们的目光一下子集中在站在门口的中年妇女身上，她穿着一身臃肿的中式棉衣，头上裹着一块酱红色头巾，脸上是细密的皱纹，目光落在教室后面的一个角落。她的嘴角哆嗦了一下，又哆嗦了一下，才猛然发出了一个响亮的声音：“孩子，娘很想很想你，娘昨天晚上做了一个梦，梦见了你冷，俺就给你送棉衣来了”。她的臂弯里兜着一个偌大的包袱，一边说一边就解开了。

教室里一下子充满了哈哈大笑声。

我发火了，大声地呵斥她说：“你给我出去!”说着就把她推到了门外，我对她粗鲁的侵犯行为感到不可忍受。

我回到讲台上的时候，同学们还哈哈大笑着，冲着后面的一个男学生哈哈大笑。我看到那个男同学脸红得像一块绸缎，站在那里，低着头，像一个犯了大错的孩子。

我的愤怒顷刻变成了怜悯，我看到他的泪水正掉在了课桌上，浸湿了他面前的书，我说：“你坐下吧。”然后我继续讲课，教室里恢复了安静。

窗外依然纷纷扬扬下着雪，我看见那位妇女蜷缩着，在雪地里徘徊着……她的存在使我讲课思路开了小差，我瞅瞅后面的那个学生，他趴着，把头严严地埋在桌面上，整整一节课，他的头都严严地埋在桌面上……

他的母亲仍然在外面的雪地上蜷缩着身体徘徊着……

我开始后悔刚才对她的举动。这一节课好象很长很长，好不容易才听到下课铃声……

趴在桌子上的那个学生猛然站起来，第一个匆匆地跑出了教室。我看到他是满脸泪水跑出去的。

教室外面的雪地上，那个学生还在掉着泪，他的母亲却慈祥地笑着。母子俩依偎着说话，母亲把一件棉衣披在儿子的身上，遮住纷纷扬扬的雪花，而她的身上，她的头上，却密集成一抹的洁白……

然后，是一串深深浅浅的脚印，那位母亲在大雪中渐渐远去了，渐渐变成一个模糊的黑点。

天色朦胧了起来。

男女由红线牵着

翠花说：别拍俺，俺有啥可怕的。翠花正在穿帘子，挂在门眉的线绳上的串儿珠，哗哗啦啦地响。

这是个五十多岁的女人，是我们这部电视专题片主角，她和她的三个女儿，都嫁给了这所荣军院的伤残军人，我们觉得这个题材挺有新意的，参加中央台“讲述老百姓自己的故事”的展播，说不定会拿奖。

我们反复做工作，她才扔给我们两个小板凳：行，你叫俺说啥俺说啥。

我们让她说说嫁给伤残军人的想法和动机。

翠花说：俺只是为了嫁一个人家。

这更加有感触，这就是老百姓，朴朴实实的，做得出说不出。

我们让她说说嫁伤残军人的过程。她哇哇啦啦打开了话闸子：是俺三闺女看到报上的征婚广告，到这儿来相李锁贵，相了回去说，就是两条腿儿不能动，小伙子长得挺俊哩。

我们问她二闺女相了人后回去怎么说。

翠花说：回去后只圆嘟嘟眠着小嘴乐，啥也没说就嫁了。然后是俺和大闺女也嫁来，就这样，这不，找了这一个脏老头子。她一边说一边为车上的老汉掖被角儿。

我和摄像师面面相觑。这个片名儿咋起呢？我说就叫《缘分》吧，这个题名也许最恰当，世上的男人和女人，都被一条条红线牵着，摸不着，看不见，突然有一天就会把他们拉到一起过日子。

我说：你觉得日子苦不苦，接屎接尿的，羡慕不羡慕别人家的男人？

翠花蹲在地上择豆角，一边择一边瞪了我一眼：看看你说的话，俺没觉出啥苦来，别人的男人再好，也是别人的。俺没攀比过。

躺在车上的老汉猛劲哗啦了一下报纸，狠狠地咳了一口痰，翠花赶忙用一团纸为他捏出来。

我们让老汉也说说。

他说：有什么可说的，当兵的要死就死个痛快，要活就好好地活着，弄成这个半死不活的身子！

边采访边打解说词的腹稿，我想：对战士来说，死是容易的，那是一瞬间的事；对妻子来说，活是不容易的，那是一辈子的事。

翠花正吃力地把老伴从推车抱到了屋里的床上。

然后出屋门又同我们搭讪。翠花原来的男人，也是她三个女儿的爹，就在朝鲜同美国鬼子打过仗，后来到地方后得病死了。我想，这一定是近朱者赤的缘故，这人和人，没有无缘无故地爱。我们极力为《缘分》搜寻情感的铺垫。

这时翠花凑到我耳边悄悄地嘟囔：这个老头子，把积攒的钱，都给了他侄子跑买卖，她边说边害怕地往屋里瞅瞅。

屋里传出老汉粗粗的嗓门：翠花，拿尿壶！

翠花去拿尿壶了。摄像师偷偷地抓拍着这镜头，这才是生活的真实。模范和英雄，都在平平凡凡中过日子。

翠花出屋倒尿壶，然后又说着老头儿的不是。屋外，闷响了几声粗壮的雷，雨点劈劈啪啪砸下来。

我们在屋里与老两口儿共进了晚餐。翠花拿出女儿们的照片，让我们看，让我们拍。她几个女儿，长得都俊，都生了胖小子俊闺女，婚后都随伤残的丈夫，安排回原籍去住了。我们花了半月的时间，跟踪采访到省内省外跑了一大圈儿，我们拍摄的素材绝对很棒，专题剪辑制作得也绝对精彩。

中央台播了，在国内产生了轰动效应。

本地民政部门。号召学习母女同嫁伤残军人的事迹。

我们又到了荣军院，这次是请翠花到电视台，参加官方组织的一个沙龙。

院子里静静的，老汉躺在推车上看报纸。见我们来，从眼镜框的上方透出冷漠的目光打量着。

他说：是找翠花吧。她走了，我们俩分手啦！

我僵僵的口唇里，挤出了一片儿疑惑：这怎么可能?

老汉透过眼镜片的目光好象是在说：这怎么不可能！门眉前还挂着一幅没有串完的帘子，在微风中悠悠地荡着。据说，是因为老汉把积攒的九万元给了老家的侄子，翠花要闹、要管，惹老汉生了气。仅仅如此。

当晚，本地的电视台还在播我写的《缘分》，还附带了当地学习翠花母女同嫁伤残军人的报道。

我呆呆地看着。噗哧一笑，笑出了又苦又涩的滋味儿。

贺年诗卡

山村的冬夜静谧，没有风，一切都在寒冷中冻结着。

原野老师的屋子里没开灯，他想省点儿电费，反正放假不用备课了，他就这么静静地坐在椅子上，看窗外的天上那冰块一般的月亮，由此想到了一首古诗："窗前明白光，疑是地上霜……"

过新年了。

他想到了好多年前的新年前夕，有一个女孩子来找他，她是他上师范时的女朋友，她劝他说："调回到城里吧，然后，我们结婚。"

原野说："我舍不得学生。"

她说："那你舍得我吗？"

原野说："我也舍不得你。"

她没再说什么就下山去了，不久寄来了一张贺年卡，上面写了一行小字：鱼和熊掌通常不可兼得，祝你新年幸福！

他没有幸福，因为他没有了爱情，他捧着那张贺年卡呆呆地坐着……门吱扭一下开了，从门缝里伸出一张小脸儿，在看着他。

他说："是红莲啊，进来。"

红莲进来了，走到他的身边说："老师在看什么啊？不高兴吗？"她说着从他的手里取过那张贺年卡，似懂非懂地念着："鱼和熊掌通常不可兼得。老师你是不是想吃熊掌了？回头我叫我爹给你打一只熊好吗？"

说的原野"扑哧"一下笑了，他说："你真是个孩子！"

一晃二十多年了，老了！自己就这么孤身一人，也都习惯了。听惯了学生们朗朗的读书声和嬉笑声，现在他突然觉得很孤独，心里酸酸的。

他的脑子里开始过电影，都是过去学生们的一张张笑脸，他想他们了。他也打听过去学生们的下落，他们都事业有成了，听说当年最调皮的黄豆豆，那个时候大家都喊他豆子，现在在北京教育部里当官；文文静静的梅月月，听说在南方的深圳一个叫“华业服装公司”当老板；还有数学成绩整天不及格的柳苗苗，现在是省作协的专业作家了……这真是人不可貌相，海水不可斗量。想到学生们，他心里就高兴。

原野拉开抽屉，拿出他前两天特意到几十里外的小镇上买来的贺年卡，拉开灯，趴在桌子上，在贺年卡上写字，他要给学生们寄去新年的祝福。

他在写贺年卡的时候，止不住掉泪了……最后一张，他想给当年的女朋友写了寄去。可他不知道她的地址，她现在可能也和自己一样老了，脸上也长皱纹了吧？

有一个家多好！

有人敲门。

原野愣了愣神儿，站起来说：“请进！”

进来的是一个女性，三十多岁，脸上红润润的，叫了声老师，和他握手。

原野突然想到了那个曾要她父亲为他打熊的小女孩。

“红莲！你是红莲哪！”他惊喜地叫道。

红莲说：“我给你送新年礼物来了。”

她送给老师的也是一张贺年卡，灯光照耀着，很精致，很特别，因为这是一张写着一首小诗的贺年卡。那上面的诗叫《缘》。

“缘/是同一轨道上的两列火车/向相反的方向驶去/总会相遇/缘/是川流不息的人群中两双真诚的眼睛/偶尔一瞥/便有爱的印记留在心底/缘/是她渴望有你/而你也渴望有她/让两个做了同一个梦/然后/紧紧拥抱成一个谜底。”

原野说：“好诗，真得好诗啊！”他问她家里的情况，关于丈夫，关于孩子，都好吗？

红莲摇摇头，又低下头。

很长很长时间，红莲说：“我想，我想让你是我的家……”